作業厨から始まる異世界転生

～レベル上げ？それなら三百年程やりました～

Sagyochu kara hajimaru isekai tensei

yu-ki

ゆーき

Illustration

OX

CONTENTS

主な登場人物

シュガー(小さくなった姿)
[シュガー]
狼の魔物。ソルトの母親。
冷静で妖艶な雰囲気がある。
[レイン]
本作の主人公で、
ゲーム配信者界隈での渾名は『作業厨』。
異世界に行っても作業(レベル上げ)を
淡々とこなすこと三百年、
気が付いたら最強に。

[ニナ]
Aランク冒険者の女性。
コミュ力が高く頼りになる。
[ディンリード]
大森林の調査隊を
率いる領主。気さくで、
誰にでも平等に接する。
ソルト(小さくなった姿)
[ソルト]
狼の魔物。シュガーの子供。
元気いっぱいで明るい。

第一章　作業厨《さぎょうちゅう》、死す

「ん～と、あれはエンシェントドラゴンかな？」

前方に見えるのは漆黒《しっこく》の鱗《うろこ》と翼《つばさ》を持つ巨大なドラゴンだ。そいつは、俺に見向きもせず、近くにいたミノタウロスを口から出した炎でこんがり焼いて、食べていた。

「あいつを倒せばレベルが1、上がりそうだな」

俺はそう呟《つぶや》くと、《中距離転移《ワープ》》を使って、エンシェントドラゴンの真上に転移する。

「終わりだ。《雷槍《らいそう》》」

エンシェントドラゴンに右手をかざし、そう言った。すると、右手に魔法陣が現れ、そこから光線が放たれる。そして、その光線はエンシェントドラゴンの頭を一瞬で消し飛ばした。今の一撃で死んだエンシェントドラゴンは、そのまま地面に倒れ込む。

「よし、《無限収納《インベントリ》》」

エンシェントドラゴンの死骸《しがい》の上に降り立つ。真上に巨大な魔法陣が現れ、その直後、死体が消えた。

「さて、次行くか」

俺はそう呟くと、再び歩き出した。

これが、世界一の作業厨《さぎょうちゅう》である俺の日常だ。

◇　◇　◇

「ここはどこだ？」

辺り一面真っ白な空間で、そう呟いた。

俺の名前は中山祐輔《なかやまゆうすけ》。四十代半《よんじゅうだいなか》ばにして、未《いま》だ独身のフリーターだ。

そんな俺は今、何が起きたのかわからず、混乱していた。

「どういうことだ？　ついさっきまでゲームをしていたのに……」

俺は自分の頬をつねって、夢ではないことを確認する。

「ううん……もしかして、頭がおかしくなったのかな？」

俺はゲームの配信をしており、食事と睡眠の時間以外はほぼ全てゲームに捧《ささ》げていた。

そんな生活をしていたため、つけが回ってきたのでは？　と咄嗟《とっさ》に思う。

俺についた界隈《かいわい》での渾名《あだな》は『作業厨』。

作業厨というのは、普通の人なら途中で諦《あきら》めてしまうような大きな目標を何十時間、何百時間とかけて達成させる人のことだ。

人によって作業厨の定義は若干異なるが、俺はそれが作業厨の定義だと思っている。

ちなみに今日は、とあるゲームで六百四十×六百四十マスの巨大地上絵を作っていた。

「……寝たらもとに戻ったりするのかな？」

そう口に出した瞬間、突然背後から足音が聞こえた。

驚《おどろ》いて心臓がバクンバクンと脈打つ。恐る恐る振り返ると、そこにいたのは白い法衣《ほうえ》のようなものを着た、白髪で金色の瞳を持った美女だった。

「こんにちは。そして……ごめんなさい！」

目の前に来た女性は、いきなり両手を合わせ、謝罪の言葉を口にする。

「は、はい？」

いきなり謝られたことに、困惑してしまう。そもそも、俺はこの女性と面識がない。一体何者なのだろうか？

「あの、実はあなたは私のミスでここに来てしまいました」

目の前にいる女性はそう言うと、何があったのか、そして、これからのことを説明してくれた。

まず、彼女はティリオスと呼ばれる世界の女神様らしい。

そして、女神様が言うには、俺はゲーム中に心不全を起こして死んでしまったそうだ。

そのあと、本来なら俺は同じ地球で生まれ変わるはずだったのだが、女神様がうっかり魂《たましい》をこの亜空間《あくうかん》に呼び込んでしまったらしい。

そこで、女神様はお詫《わ》びとして、記憶を残した状態で、ティリオスに転生させてくれるそうだ。

「え～と……転生先は山の中でいいかな？　世界共通言語と、この世界の常識も入れてっと……よし。あ、何か望むものはあるかしら？　ある程度なら叶えてあげる」

女神様にそう問われ、俺は腕を組んで考え込んだ。

たった今、女神様に入れられた世界の常識をもとに考えると、まず戦う手段がないと、転生してもすぐに死んでしまうだろう。

ティリオスは、ゲームや小説でおなじみの剣と魔法のファンタジーな世界のようだ。

そして、魔物《まもの》がたくさん棲息《せいそく》しており、犯罪の数も日本より桁違《けたちが》いに多い。平和な日本で過ごしてきた俺からしてみれば、生き残れるのか不安になってしまう程危険だ。

う〜ん。魔法は一通り使えるようになりたいし、武術系のスキルもいいな……

正直な気持ちとしては、スキルも魔法も最初から全部持っていて、すぐにでも俺ＴＵＥＥＥをやりたいところだ。

しかし、そんなにたくさんは無理と女神様に言われてしまったので、欲しいものを厳選することにした。

俺は一時間程、何を望むのか考えた。そうして女神様ができる限界ギリギリを攻めた結果、望みを全て伝えることができた。

種族やスキルの説明が細かく書かれすぎていて、途中で読むのを諦めたりもしたが、特に問題はないだろう。多分。

「それにしても随分《ずいぶん》と変わった望みね。魔法を全種使えるようにしたのと、永遠に生きるために種族を半神《デミゴッド》にしたのはわかるんだけど、一生変えることのできない天職を戦闘系ではなく、生産系の錬金術師《れんきんじゅつし》にするなんて。しかも、スキルを《精神強化《せいしんきょうか》》にするとは……まあ、何か考えてのことでしょう。私からのお願いは、その力を悪さに使わないこと。これは絶対に守ってくださいね？　では、あなたの第二の人生が幸せであることを、願います」

女神様はそう言うと、俺に右手をかざした。

すると体が光で包まれ、そこで俺の意識は途絶えた――

◇◇◇

「ううん……ここは？」

上半身を起こし、髪の毛についた土を払う。

「ここがティリオス……なのか？」

そう言いながら、周囲を見回す。

今いる場所は、周囲三百六十度全てが木で埋め尽くされており、川のせせらぎが微《かす》かに聞こえる。

「よっこらせ……て、え!?」

立ち上がった時の感覚に、思わず目を見開く。

俺はここ二十年程、全く運動をしていないせいでぽっこりお腹になり、手足の筋肉もかなり衰《おとろ》えていた。

だが、今はどうだ。お腹はへこんでおり、立ち上がる時も体が軽い。

「この感覚、高校生の頃を思い出すな……」

実は、高校生の時にちょっとかっこつけて陸上部に入っていて、今の俺はその頃と同じような肉体をしている。

部活はめちゃくちゃキツかったが、お陰《かげ》で腹筋と、学年上位に食い込める程の脚力《きゃくりょく》を手にしていた。

「すげぇ……女神様マジでありがとう」

俺は、その場で両手を合わせると、女神様がいるであろう天に向かって、全力の感謝をした。

「……よし、てか、服装もちゃんと変わってるんだな」

自分の体を見ると、ごわごわとした生成《きな》りのシャツと、薄茶色のズボンをはいていた。そして、その上から黒い外套《がいとう》を着ている。靴《くつ》は、頑丈《がんじょう》そうな革のショートブーツだった。

「さてと……まずはステータスを見ないとな」

この世界にはステータスという、ゲームではおなじみの概念《がいねん》が存在している。俺は頭の中で、ステータスと念じてみた。すると、目の前に半透明の板が現れる。

【レイン】

・年齢：18歳　・性別：男

・天職：錬金術師　・種族：半神　・レベル：1

・状態：健康

（身体能力）
・体力：100／100　・魔力：150／150
・攻撃：80　・防護：100　・俊敏：110

（魔法）
・火《ひ》属性：レベル1　・水《みず》属性：レベル1
・風《かぜ》属性：レベル1　・土《つち》属性：レベル1
・光《ひかり》属性：レベル1　・闇《やみ》属性：レベル1
・氷《こおり》属性：レベル1　・雷《かみなり》属性：レベル1
・無《む》属性：レベル1　・時空《じくう》属性：レベル1

（パッシブスキル）
・精神強化：レベル1

（アクティブスキル）
・錬成《れんせい》：レベル1

「おお、凄《すご》いな」

自分のステータスをこの目で見て、若干興奮してしまった。魔法も全属性あり、スキル、天職、種族もちゃんと俺の望み通りになっている。

身体能力の項目では自身の身体能力が数値で表されており、魔法の項目は自身が使うことのできる魔法が記《しる》されている。

ちなみに、使うことができる魔法の属性は先天的なものなので、あとから手に入れることはできない。

パッシブスキルは常時発動されているスキルで、アクティブスキルは任意で発動することができるスキルだ。

スキルは運に左右されるものの、あとからでも手に入れることができる。

「てか、マジで若くなってるじゃん」

見た目だけでなく、年齢そのものが全盛期であった十八歳に若返っていた。あと、しれっと名前が変わっている。恐らく、女神様がこの世界に合う名前に変えてくれたのだろう。

「ただ、今のままじゃ生き残るのは厳しそうだな」

俺は腕を組みながら、そう呟いた。

今のレベルは1。いくら魔法を全属性使えようがステータスに表示された数値では、ティリオスで生きていくのは厳しいだろう。

正直言って、今の俺はこの世界で最弱クラスの魔物であるゴブリンよりもステータスが低い。

種族の半神も、寿命と老化がなくなるだけで、それ以外は普通の人間と同じ……だった気がする。

色々説明が書いてあったけど、『睡眠は必要』とか、『日光を浴《あ》びても問題はない』とか、普通の人間なら当たり前のことがずら～っと書かれていたため、詳しくは見ていないんだよね。

「まあ、とりあえず、夜になる前に安全な寝床《ねどこ》を確保しないとな」

その辺は、サバイバル系のゲームで培《つちか》った経験を活《い》かして、乗り切るとしよう。

「じゃ、まずは川に行くか」

流れが穏やかな川なら、食べられそうな小魚が泳いでいる可能性が高いし、何よりこういった迷いやすい場所で、川はいい目印になる。

俺は、周囲を警戒しながら、水が流れる音がするほうへと向かった。

「ほう、思ったよりも川幅が広いな」

目の前にある川の幅は、五十メートル弱はある。そして、流れはかなり穏やかだ。これなら、罠《わな》を仕掛けて魚を取ることもできそうだ。

「ここから魚が見えるかな？」

俺は、魚がいるか確認するために、水面《みなも》を覗《のぞ》き込《こ》んだ。そして、目を見開き、驚愕《きょうがく》する。

「え⁉　誰このイケメン」

水面に映し出された俺は、前とは比べ物にならないぐらい、美形になっていた。更に、髪や瞳の色が黒色ではなくなっていた。恐らく髪は白色で、瞳の色は水色だと思う。

水面に映し出しているせいで、今の顔をはっきりと見ることができないのは残念だ。

「ま、ひとまずはこの川の周辺に穴を掘《ほ》るか、洞窟《どうくつ》を見つけるかして、寝床を確保しよう」

人里を求めて歩き回りたい気持ちはやまやまだが、この近くに集落があるのかどうかわからない。そんな、どこにあるかわからないものを求めてさまよって、なんの準備もできていないまま夜になってしまったら大変だ。

ティリオスには夜行性の魔物も多く存在している。そのことを知っている俺が、安全確保もまともにできていない場所で寝るわけがない。

「さて、どこかいい場所は……お、丁度いいのがあった」

川上に向かって歩いていると、前方に高さ三十メートル程の岩山が見えてきた。そして、その麓《ふもと》には洞窟がある。

「ん～と……見た感じ魔物が寝床に使っている洞窟ではなさそうだな」

中を覗いてみても、生き物がいる形跡《けいせき》はない。

この洞窟は、十メートル程続いたところで行き止まりになっていて、かなり小さめだった。

「よし、ここを改造して家にするか。錬金術師の固有スキル、《錬成《れんせい》》を使ってな」

そう言うと、洞窟の中に入る。

「さて、まずは地面を平らにするぞ」

《錬成《れんせい》》は錬金術師の固有スキルで、鉱石《こうせき》や金属などを合成、分離、変形させることができる。

俺はしゃがみ込み、地面に両手を当てると、平らにすることをイメージしながら《錬成《れんせい》》を使った。すると、体から何かが抜けるような感覚と共に、洞窟の地面に大きな赤色の魔法陣が、両手を中心に現れる。

ゴゴゴゴゴ――

洞窟内がまるで地震でも起きているかのように揺《ゆ》れ動《うご》いた。十秒後、揺れが収《おさ》まる頃には、でこぼこだった地面は真っ平になっていた。

「よし、思った通りだ。だが、思いのほか魔力を使ったな……」

洞窟内の地面を全て平らにしたため、魔力を100も消費してしまった。残り50しかない……

俺は少しの間、魔力が回復するのを待つことにした。

ついでに、魔力が回復する速さを測ってみたのだが、どうやら魔力は一秒につき全体の一パーセント回復するようだ。ちょっと速いような気もするけど、まあ、これも女神様のお陰なのかもしれない。

そのあと、魔力が完全に回復した俺は、魔物の侵入を防ぐ罠の製作に取りかかった。

まず、洞窟の出入り口に《錬成《れんせい》》を使って落とし穴を作る。そして、掘り出した岩を使って、その落とし穴の中に針山を作った。

『《錬成《れんせい》》のレベルが2になりました。スキル、《岩石細工《がんせきざいく》》を取得しました』

唐突に頭の中で声が響《ひび》く。《錬成《れんせい》》のレベルが2になり、更に錬金術師や石工のみが取得することのできるスキル、《岩石細工《がんせきざいく》》を新たに取得したようだ。このスキルはその名の通り、精密に岩石を加工することのできるスキルだ。

「よし。これなら上手くできそうだな」

俺は《錬成《れんせい》》と《岩石細工《がんせきざいく》》を使って、落とし穴の上に薄い岩で蓋《ふた》を作った。このままでは俺が通った時にも崩れてしまうため、出入り口の両端だけ岩を厚《あつ》くして、通り道を作る。

そのあとも二つのアクティブスキルを駆使《くし》し、部屋を広くしたり、椅子《いす》やベッドなどの家具を作ったりして、より過ごしやすい、俺だけの最高の家を製作した。

「これで、安全な家が完成したな」

椅子に座りながら、満足して洞窟内を眺《なが》める。やはり、錬金術師を選んで正解だった。

この天職でなければ、短時間で家を作ることはできなかっただろう。まだ家を作って数時間なのに、もう愛着が湧《わ》いてきた気がする。

「次は、ベッドに敷《し》く葉っぱと、何か食料を集めてこないとな」

岩石の硬《かた》いベッドの上では流石に寝られないし、食料がないと餓死《がし》してしまう。

葉っぱと食料を手に入れるために、洞窟の外に出た。

「ん～と……この辺で手に入る食料というと、魚ぐらいしかないな……」

森にはキノコ類が生《は》えているのだが、実は俺はキノコが大の苦手なのだ。

普通なら、こういう生きるか死ぬかのサバイバルな環境下では好き嫌いなんて言っていられないだろう。だが、俺は最後までキノコを食べるという選択肢を選びたくない。

それくらい俺はキノコが嫌いなんだ。

「ただ、魚をどうやって捕まえるか……」

川の前で腕を組みながら考える。

目視できる魚は、大体が体長十センチ程の小魚なので、一回の食事で少なくとも五匹は食べたいところだ。

「罠は前世にいた時に覚えたペットボトルを使うやつしか知らないしな〜」

この世界にペットボトルという現代的なものはない。というか、そもそも原材料である石油が存在していない。

「ん〜魔法で使えそうなのはないかな？」

現在の俺は、各属性で二種類ずつ魔法の技が使える。その中で、魚を取るのに使えそうなものがないか、探してみることにした。

「ん〜と、とりあえず全属性試してみるか！」

川の方向に右手を向けると、まずは火属性の魔法を試してみる。

「え〜と、《火球《かきゅう》》！」

頭に浮かんできた呪文《じゅもん》を唱《とな》える。すると、右手に赤色の魔法陣が現れ、そこから炎の球体が勢いよく飛び出した。

「なるほど。普通に使えそうだな」

魔物が現れたとしても、この魔法を撃《う》っとけば、なんとかなりそうだ。

この調子で、他の属性の魔法も試してみるとしよう。

「《水球《すいきゅう》》！」

これは大体さっきの魔法と似たような感じで、《火球《かきゅう》》の水バージョンだ。

「《風斬《ふうざん》》！」

そう唱えると、右手に緑色の魔法陣が現れ、そこから不可視《ふかし》の風の刃が放たれる。

これらの他にも、俺はどんどん魔法を試した。途中で魔力切れになってしまうこともあったが、無事全ての属性の魔法を試すことができた。

そして、遂に俺は魚取りに最適な魔法を見つけたのだった。

「じゃ、早速やるか」

川の前でしゃがみ込むと、左手を水面から十センチ程離れた場所にかざす。

「《小天雷《しょうてんらい》》！」

すると、左手に黄色の魔法陣が現れ、そこから水面に向かって小さな雷が落ちる。

その直後、俺は右手を水中に突っ込んだ。

死んでプカプカ浮かんでいる魚を一度に捕らえるべく、次なる呪文を唱える。

「《収納《ボックス》》！」

右手に白色の魔法陣が現れ、一秒後に光る。その直後、魔法陣と共に魚が亜空間に消えた。

「よし、成功だ！」

俺は大声を上げて喜ぶと、水中から右手を出す。どのくらい入っているのか確認するとしよう。

「では、《収納《ボックス》》！」

すると、右手に現れた白色の魔法陣から、体長十センチ程の小魚が五匹出てきた。

「よし。五匹なら今日の夕食は問題なさそうだ」

満腹とまではいかないが、腹七分目くらいにはなるだろう。

「……それにしても、時空属性は魔力の消費量が桁違いだな……」

俺がさっき使った魔法の内、火や風や雷属性のものはどれも魔力を20消費する。

一方、《収納《ボックス》》という、空間にものを収納する魔法は、入れる時に魔力を60消費し、出す時にも魔力を60消費する。便利なのだが、如何《いかん》せんコスパが悪い。

「次はあの硬いベッドに敷くための葉っぱを集めないとな」

俺は魔力が回復するまで休んでから、一度出した小魚を《収納《ボックス》》に入れると、次は森の中に向かって歩き出した。

「え～と……この辺の葉っぱがよさそうだな」

手の平サイズの葉っぱをつけている木を見つけ、手当たり次第にむしり取る。

「《収納《ボックス》》！」

大分集まったところで、俺は葉っぱの小山に手をかざした。

「これでよし。夕方だし、そろそろ家に帰るか」

空を見上げると、日はもう沈《しず》みかけていた。夜になる前に帰りたいと思っているので、急ぎ足で家に向かう。

ガサガサ――

家に帰る途中で、草を掻《か》き分《わ》ける音が聞こえた。立ち止まり、音が聞こえてきた草むらに右手を向ける。

「キシャアア!!」

草むらから出てきたのは、アナコンダと同じくらいの大きさの蛇《へび》だった。

大きな蛇は、俺を見るなり、ズルズルと体を引きずりながら、こっちに近づいてくる。

日本にいた頃の俺なら腰を抜かしていただろう。だが、今の俺は《精神強化《せいしんきょうか》》のスキルを持っている。お陰で、この状況にも、落ち着いて対処することができるのだ。

「《氷弾《アイスバレット》》!」

近づいてくる蛇めがけて、氷の礫《つぶて》をたくさん撃つ。

蛇は全身に氷を受けたことで、重傷を負ったようだ。

「キシャア……シャア……」

完全に戦意を喪失《そうしつ》し、逃《に》げ腰《ごし》になっていた。

「逃がさないぞ。《風斬《ふうざん》》!」

俺は不可視の風の刃を放ち、蛇の頭を斬《き》り落《お》とす。

「よし、初めての戦闘も難《なん》なくこなせたな。う〜ん……この蛇を明日の朝食にしようかな?」

死骸に近づくと、その前でしゃがみ込んだ。

蛇の肉は意外と美味《おい》しいと聞いたことがある。もしこいつが毒を持っていたとしても、光属性魔法の《解毒《キュア》》を使えばいいだけの話だ。だが、《収納《ボックス》》には容量制限があるため、丸ごと入れることはできない。

「まあ、入れられる分だけ切り取ればいいか」

俺は落ちている石を、《錬成《れんせい》》と《岩石細工《がんせきざいく》》で鋭利《えいり》な石包丁にすると、《収納《ボックス》》の中に入る分だけ切り取った。

「《解毒《キュア》》！」

毒があるのかはわからないが、念のため、解毒《げどく》しておいた。


『光属性のレベルが2になりました』


また先程と同様の声が頭の中に響く。光属性のレベルが上がった。

「お、なんか新しい魔法が使えるようになった気がする」

ステータスを見てみると、《浄化《じょうか》》という汚れを消す魔法が使えるようになっていた。

「じゃ、早速使ってみるか。《浄化《じょうか》》！」

右手に白色の魔法陣が現れる。そして、その魔法陣が光り輝いたかと思うと、持ち帰る予定だった蛇の肉や、俺の服についていた血が、綺麗《きれい》さっぱりなくなったのだ。

「お、こりゃ使えるな」

今後重宝《ちょうほう》しそうな魔法だと思った。

異世界には、もちろん放り込むだけで洗ってくれる洗濯機《せんたくき》なんてないし、風呂は全然普及していないから、魔法で体や服を綺麗にできるのはありがたい。

「あ、そういえば、この蛇って魔物なのかな？　一応見ておくか」

俺は石包丁を手に取ると、蛇の腹を上から下まで切り裂いた。

「う～ん、魔石《ませき》は見当たらない……ということは、こいつはただの蛇なのか」

魔物は魔石という、人間でいうところの心臓と同じ役割を持つ半透明の石を体内に持っている。

魔石が見当たらなかったということは、つまりこいつは魔物ではないということだ。

「よし……てか、やべっ。早く帰らないと」

気がつくと日が完全に沈んでいたので、俺は走って家に帰った。


「はぁ～疲れた」

家に無事帰り着いた俺は、おっさんみたいな声を出しながら、硬いベッドの上に寝転がる。

入り口付近は月明かりで照らされているが、今いる洞窟の奥は真っ暗だ。

火で明るくしようにも、木の枝がないせいで、焚火《たきび》をすることができない。ついでに取ってくればよかった……

「ふぅ……食事にするか」

ベッドから起き上がると、洞窟の入り口へ向かう。そして、その場に胡坐《あぐら》をかいた。

「この世界の月って結構明るいんだな」

地球の月よりも、一・五倍程光が強いように感じる。

「じゃ、出すか。《収納《ボックス》》！」

俺は《収納《ボックス》》から小魚を五匹取り出すと、《錬成《れんせい》》で作った石のまな板の上に置いた。

《収納《ボックス》》の中では時間が止まっているため、鮮度《せんど》はしっかりと保《たも》たれている。

「自信ないけど、頑張ってみるか」

何年もコンビニ弁当で朝昼晩の食事を済ませてきたせいで、魚をさばくのは社会人生活が始まった年ぶりだ。そのせいでかなり手こずってしまったが、なんとか五匹全てを刺身《さしみ》にすることができた。


『《精神強化《せいしんきょうか》》のレベルが2になりました』

『火属性のレベルが2になりました』

『時空属性のレベルが2になりました』


五匹全ての魚をさばいたところで、レベルが上がったことを知らせるアナウンスが頭の中に響く。

「お、レベルが上がったか。まあ、今はそれよりも飯だ飯！」

外で動きまくったこともあり、お腹ペコペコだ。

「じゃ、最後に……《浄化《じょうか》》！　《錬成《れんせい》》！」

魚の血や内臓で汚れた石包丁、地面、手を《浄化《じょうか》》で綺麗にする。

そのあと、石包丁とまな板を《錬成《れんせい》》で皿に作り替えると、その上に刺身を並べた。

更に、地面の岩を使って箸《はし》も作った。

「よし。完成だな」

俺は小皿に載った刺身を、満足して見つめる。

「では、いただきます！」

手を合わせると、箸を取った。そして、刺身を一つ、口に入れた。

「……美味《うめ》ぇ……」

刺身自体が薄味で、醤油《しょうゆ》もないため、地球で食べていたものと比べると、味はかなり劣《おと》る。

だが、自分で捕まえ、さばいた魚ということもあり、今まで食べてきた刺身の中で、トップクラスに美味しかった。

「それにしても、月明かりに照らされた大自然を眺めながら、飯を食べるというのは、いいものだなぁ……」

手を止め、洞窟の外を見る。空にはたくさんの星がきらめき、まるで天の川のような大きな星雲《せいうん》が見える。そういえば、俺が死んだ次の日は、七夕《たなばた》だった気がするなぁ……

「ふぅ……てか、俺ってレベル上がったのかな？」

レベルは生物を殺した時に上がる。だが、普通の生物ではレベルは全然上がらない。

一方、魔物を倒せば、レベルはそれなりに上がる。

俺は頭の中で、ステータスと念じた。


【レイン】

・年齢：18歳　・性別：男
・天職：錬金術師　・種族：半神　・レベル：２
・状態：健康

（身体能力）
・体力：１６０／１６０　・魔力：２００／２００
・攻撃：１３０　・防護：１５０　・俊敏：１８０

（魔法）
・火属性：レベル２　・水属性：レベル１
・風属性：レベル１　・土属性：レベル１
・光属性：レベル２　・闇属性：レベル１
・氷属性：レベル１　・雷属性：レベル１
・無属性：レベル１　・時空属性：レベル２

（パッシブスキル）
・精神強化：レベル２

〈アクティブスキル〉
・錬成：レベル2　・岩石細工：レベル1
「あ、レベルが上がってる」

今日倒した小魚と蛇は、どちらも魔物ではなかったが、最初だからレベルが上がりやすいのだろうか？

そして、レベルが上がったことで、ステータスの数値も上がっている。

「う～ん……明日は保存用に魚の干物《ひもの》とか作ってみようかな？　あとは、家周辺の探索《たんさく》とレベル上げをしないとな」

明日何をするのか大まかに決めた俺は、刺身を全て食べきると、《収納《ボックス》》から綺麗な葉っぱを取り出した。

「これを枕やシーツの代わりにすれば、硬い岩のベッドも多少はマシになるだろう……さて、寝心地はどうかな？」

ドキドキしながら靴と外套を脱ぐと、ベッドに寝転がった。

「ん～まあ、頭は痛くないな」

寝心地はあまりよくないが、ごつごつした面がそのまま体に当たらないだけで大分快適になった。

「ふぁ～……そろそろ寝ようかな。《浄化《じょうか》》」

《浄化《じょうか》》で、体や服を綺麗にしてから、俺は意識を手放した。

◇　◇　◇

ドンッ！

「グルルゥ‼」

「な、なんだ⁉」

眠りについてから数時間後。

大きな物音がしたかと思えば、今度は狼《おおかみ》の鳴き声が聞こえた。

「何が起きたんだ？」

目を覚ましてしまった俺はベッドから起き上がり、洞窟の入り口のほうを見る。すると、外には狼の群れがいて、赤い瞳で俺のことを睨《にら》みつけていた。

「ちっ、だがここでなら勝てる」

狼たちは、入り口にある落とし穴のせいで、中に入ることはできない。

昼間の内に家と罠を作っていてよかった……

俺は、洞窟の入り口に向かうと、右手を前方に向けた。

「グル……」

何故《なぜ》か下のほうから狼の鳴き声が聞こえる。

「ん⁉　て、マジかよ」

目の前にある落とし穴を覗くと、そこには一匹の狼がいた。穴の中に作っておいた針山によって、重傷を負っている。

「《風斬《ふうざん》》！」

万一《まんいち》にも穴をよじ登ってこないよう、風の刃で狼の首を斬り落とす。

「グルルルルゥ!!」

目の前で仲間を殺されたせいか、洞窟の外にいる狼たちが一斉に毛を逆立てて、威嚇《いかく》し始めた。揃《そろ》って牙《きば》を剥《む》き出《だ》しにしている姿は威圧感があり、恐怖を感じる。だが、《精神強化《せいしんきょうか》》のお陰で動けなくなる程ではない。

「こっちは安全な場所から戦わせてもらうよ。《氷弾《アイスバレット》》！」

洞窟の外にいる狼たちに向かって、大量の氷の礫を撃つ。

「グルルルゥ！」

狼たちは上に飛び上がり、なんなく攻撃を回避《かいひ》した。

「結構やるな……それなら、《小天雷《しょうてんらい》》！」

飛び上がった狼の内、二匹を狙って魔法を放つ。

一回目を避けたままではよかったけど、空中では身動きが取れない。次の攻撃は避けられないだろう。

「グルゥ!!」

頭に《小天雷《しょうてんらい》》を受けた二匹は、地面に倒れると痙攣《けいれん》した。

どうやらまだこれでは死なないようだ。

「これで終わりだ！　《風斬《ふうざん》》！」

俺の右手から放たれた不可視の風の刃が、二匹の狼の首を斬る。

『風属性のレベルが２になりました』
『雷属性のレベルが２になりました』
『氷属性のレベルが２になりました』

一気に三つの属性のレベルが上がった。

転生初日だけど、今日だけで結構レベルを上げられているな。大分いい感じじゃないか？

洞窟の外にいる狼たちは、今の光景を見て、若干逃げ腰になっていた。

「う～ん……割と倒せそうだから、逃がしてしまうこともないよな。洞窟の外に出て魔法を撃ったほうが当てやすそうだ」

ここで全滅させないと、またやってきて安眠《あんみん》を邪魔される可能性もある。

今後のことも考えて、俺は狼たちをこの場で一掃《いっそう》することに決めた。

《錬成《れんせい》》で足場を作り、洞窟の外に出る。

「《火球《かきゅう》》！」

外に出た俺は、即座に右側にいた狼たちに《火球《かきゅう》》を撃って足止めする。

「グルルゥ！」

その隙《すき》に、左側にいた四匹が襲ってきたが、横に飛ぶことでギリギリ回避した……と思ったのだが、一匹の狼の爪が俺の右手を引っ掻いていた。

しかも、それなりに深い傷で、想像以上に血が流れ出てくる。

「痛《いた》っ！　《影捕縛《シャドーバインド》》！」

俺の影からうごめく黒いロープのようなものが現れ、四匹を拘束《こうそく》する。

先程から魔法を連発しているので、残りの魔力量が心配だ……節約して使わないと。

込めた魔力の量から考えると、恐らく《影捕縛《シャドーバインド》》の拘束は二、三秒程しかもたない。だが、それで十分だ。左手を四匹の狼に向け、魔法を放つ。

「《炎斬《えんざん》》！」

左手に現れた赤色の魔法陣から、炎の斬撃《ざんげき》が放たれ、動けなくなっていた四匹の胴《どう》を切断した。

「よし。そっちは――」

素早く後ろを向くと、体毛についた火を消した三匹の狼が、すぐそこまで迫ってきているところだった。

「うおっと！」

後ろに飛《と》び退《の》き、攻撃を回避する。だが、慌てて回避したせいで体勢を崩し、そのまま仰向《あおむ》けに倒れてしまった。

「くっ、《火球《かきゅう》》！」

すぐさま体を起こし、右手を前方に向け《火球《かきゅう》》を放つ。

「グルルゥ!!」

三匹の狼は横に飛んで、《火球《かきゅう》》を回避した。まずいな……

狼たちが攻撃に気を取られている隙に立ち上がり、川に沿って逃げ出す。

「魔力がねぇ……」

何を隠そう、今《火球《かきゅう》》を撃ったことで、俺の魔力は完全になくなってしまった。

こいつらを確実に倒す魔法を放つには、少なくとも三十秒は待たなくてはならない。

「グルルルゥ！」

三匹の狼は、逃げる俺を全速力で追いかけてくる。

「ちっ、速度はやつらのほうが少し上だな。このままだと追いつかれる！」

必死の逃走もむなしく、二十秒程逃げたところで、追いつかれてしまった。

「やるしかないか……！」

覚悟を決め、狼たちと向かい合う。飛びかかってきた一匹の狼を、その場でしゃがんで回避する。

「はあっ！」

そして、飛びかかってきた狼が、俺の真上に来た瞬間に、アッパーカットを腹にくらわせた。

「ギャン！」

狼はふっ飛んで地面に倒れ込んだが、すぐに起き上がる。タフなやつだ。

このまま追撃を仕掛けたいところだが、残った二匹のせいでそうもいかない。むしろ、俺が攻撃を避けるのがやっとだ。

『スキル、《体術《たいじゅつ》》を取得しました』


このタイミングで、新たなスキルを取得したようだ。ラッキー……！

俺は迷わずそのスキルを発動させた。瞬間、戦闘が一気に楽になった。

なんと言うか……戦う動きが感覚で理解できるような感じだ。次に繰り出すべき攻撃が考えなくてもわかる。体が勝手に動く……！

更に、そんなこんなしている内に、魔力も必要量溜《た》まった。

「よし。これで終わりだ！《風斬《ふうざん》》！」

風の斬撃を二回放ち、三匹の狼の胴を切断する。

「はぁ……終わった～」

俺は深く息を吐くと、その場に座り込んだ。最初は簡単に倒せるかもと思ったが、案外手強《てごわ》かったな。《体術《たいじゅつ》》のスキルがなかったらヤバかったかも。

「あわよくば毛皮や肉が欲しかったんだけど、これじゃあダメだな」

火属性の魔法で仕留めたやつは、真っ黒に焼けてしまっていた。

燃えた狼の死骸は土に埋めて、残った三匹を《収納《ボックス》》に入れる。

「よし。これで終わ……あ、やべ、《回復《ヒール》》！」

戦闘に必死で、すっかり怪我のことを忘れていた。右手に《回復《ヒール》》をかけ、傷を治癒《ちゆ》する。

《回復《ヒール》》は、切り傷など、軽い傷を治すことができる魔法だ。ただ、欠損や深すぎる切り傷は完全に治すことはできない。

「疲れた……レベルは明日確認するか……ふわぁ……《浄化《じょうか》》」

安心したら、一気に眠気がやってきた。欠伸《あくび》をしながら、洞窟やその周辺、そして、自分の服についた血を《浄化《じょうか》》で綺麗にする。

洞窟の中に戻った俺は、ベッドに寝転がった。そして、すぐに意識を手放したのだった。

第二章　初めての仲間が可愛いすぎるんだが……

「ふぁ〜よく寝た……」

次の日。ベッドから起き上がった俺は、朝日を浴びるために、目を擦《こす》りながら洞窟の外へ向かった。

しかし、ここで思いがけない事件が起きる。

「うお!?」

寝起きだったこともあって、入り口に落とし穴を作っていたことを忘れてしまっていたのだ。

外に向かって歩いていた俺は、そのまま穴に落っこちてしまった。穴の底には針の山。

下まで落ちれば《回復《ヒール》》では完全に治すことができない程の傷を負ってしまう。

「くっ、《短距離転移《ショートワープ》》！」

そう唱えると、足元に白色の魔法陣が現れた。そして、その魔法陣が光り輝き、気がついたら洞窟の外に座り込んでいた。

「はぁ〜マジで終わったかと思った……」

この魔法は時空属性のレベルが２になったことで使えるようになったものだ。もし、レベルが上がってなかったらと考えると……恐ろしい。自分の仕掛けた罠で死ぬところだった。

死因が自分で仕掛けた罠とか、前世だったらダーウィン賞受賞待ったなしだ。

「あ、そうだ。ステータスを見ておかないと」

立ち上がり、ステータスと念じた。


【レイン】
・年齢：18歳　・性別：男
・天職：錬金術師　・種族：半神　・レベル：4
・状態：健康

〈身体能力〉
・体力：290／290　・魔力：190／320
・攻撃：230　・防護：260　・俊敏：300

〈魔法〉
・火属性：レベル2　・水属性：レベル1
・風属性：レベル2　・土属性：レベル1
・光属性：レベル2　・闇属性：レベル1
・氷属性：レベル2　・雷属性：レベル2

・無属性：レベル1　　・時空属性：レベル2

（パッシブスキル）

・精神強化：レベル2

（アクティブスキル）

・錬成：レベル2　　・岩石細工：レベル1　　・体術：レベル1

「お～一日で結構上がったな」

昨晩の戦闘で、レベルが2上がって、4になっていた。なかなかいいペースなんじゃないか？

「さてと……朝食にするか」

ステータスを確認したら、なんだかお腹が空いてきた。

今日の朝食は、昨日狩った蛇の肉だ。俺は肉を焼くために焚火をすることにした。

「まずは木の枝を集めないとな」

《錬成《れんせい》》と《岩石細工《がんせきざいく》》で、落ちていた石数個から、一本の鋭利な石製のサバイバルナイフを作る。

これで枝を落とそうという魂胆《こんたん》だ。準備ができたので、森の中に入る。

「さて、切れ味はどのくらいかな。はあっ！」

森の中で手ごろな木を見つけると、人間の腕と同じくらいの太さの枝を選ぶ。そして、その枝に向かって、サバイバルナイフを振り下ろした。

カンッ！

軽快な音と共に、一・五メートル程の長さの木の枝が地面に落ちる。

「このままじゃ使えないし、綺麗にしなくちゃな」

細い枝や、葉っぱを切り落とし、焚火に使いやすいように形を整える。そして、更にその枝を五等分に切った。

「これでよし。もう少し集めたら帰ろう」

俺はサバイバルナイフを構えると、再び手ごろな木の枝を切り落とし始めた。


「あ～帰ってきた」

洞窟の前に戻ってきた俺は、川沿いに持っていた木の枝を置く。

《収納《ボックス》》に入れて運びたかったのだが、狼三匹と、蛇の一部が入っているせいで、もう満タンだ。

「まずは焚火の土台を作るか。この世界では朝食にありつくのにも一苦労だな。《錬成《れんせい》》」

川沿いに落ちている石に《錬成《れんせい》》を使い、平べったい石を作る。

「あとは……《吸水《きゅうすい》》！」

これは水を吸収する魔法だ。木の枝に含まれている水分を抜き、燃えやすくする。

「よし。これで火がつきやすくなったな」

持ってきた木の枝の半分を土台の上に置き、もう半分は一本を除いて、《収納《ボックス》》に入れた。

「準備ができた。それでは、満《まん》を持《じ》して……《火球《かきゅう》》！　お次は……《収納《ボックス》》！」

木の枝に《火球《かきゅう》》で火をつけたあと、《収納《ボックス》》の中から蛇の肉を取り出す。

「《浄化《じょうか》》！　あとは蛇の皮を取っておかないと」

木の枝を、《浄化《じょうか》》で綺麗にすると、皮を取った蛇の肉をぶっ刺した。そして、焚火にかざす。

「あとはいい感じに焼くだけだな」

俺は蛇の肉がまんべんなく焼けるように、木の枝をグルグルと回した。しばらくすると、肉が焼けるいい匂いがしてきた。

「ん～そろそろいいかな？」

程よい焼き加減になったところで、蛇の肉を焚火から離す。

「じゃ、いただきまーす！　……あ、あふっ！　あふっ！　あっつ……」

さっそく一口頬張《ほおば》ったのだが、焼き立てほやほやだったせいで、口に入れた途端《とたん》、悶絶《もんぜつ》してしまった。

「はぁ～《水球《すいきゅう》》！」

口の中に《水球《すいきゅう》》を放り込んで冷やす。

魔法をこんなことに使ってよいのかとも思うが、便利なんだもん魔法……

「ふぅ……少し冷ましてから食べるか」

俺は蛇の肉を全力でフーフーしてから、再び頬張る。今度は大丈夫だ。

「あ～……美味ぇ……」

初めての蛇肉は、予想外に美味しかった。なんだか野性味《やせいみ》が溢《あふ》れる味がするが、これはこれで悪くない。むしろこの味、マジでやみつきになりそうだ。

俺は、蛇肉をあっという間に完食してしまった。

「ん～焚火が残ってるし、昨日狩った狼の肉も焼いとくか」

俺は《収納《ボックス》》から三匹の狼の死骸を取り出す。そして、石包丁で頭部と足を切り落とすと、そのまま皮を剥《は》ぎ、内臓も取り出した。

「それにしても、この世界では動物の解体方法は常識なんだなぁ……」

女神様に入れてもらったこの世界の常識の中に、何故か動物の解体方法があった。

まだ人に出会っていないのでなんとも言えないが、恐らくこの世界は地球と比べたら、かなり文明が遅れているのだと、思い知らされる。

「ん？　なんだこれ？」

内臓の中から、半透明の石が出てきた。

「あ、これ魔石だな。ということはこいつは魔物だったのか」

思いがけず、魔物と対戦してしまっていた。魔物は普通の生物よりも強い傾向にあるらしい。

どうりで、レベルがたくさん上がったわけだ。

「とりあえず、肉は丸ごと焼いて、《収納《ボックス》》に入れとくか。作り置きしておくに越したことはないよな」

俺は狼の肉を焚火でこんがりと焼き上げると、《収納《ボックス》》に入れた。狼の頭、内臓、足などは燃やしてから土に埋める。

「毛皮と魔石は取っとこうかな？」

焚火を始末すると、何かに使えそうだった毛皮と魔石を、洞窟の中に置きにいった。

「腹ごしらえもしたことだし、強くなるために周辺の探索を兼《か》ねた魔物の討伐に行くとするか！
地道にコツコツレベル上げてくぞ～。こういう作業は得意なんでね。『作業厨』の腕の見せ所だ！」

折角異世界に来たのだから、俺TUEEEをやってみたい気持ちはもちろんある。

だが、今の俺の実力は、ティリオスにいる生物の中では最下層だ。

自分の実力を見極めてしっかり準備しないとね。

「う～ん……ゴブリンなんかを相手にするのがよさそうだな」

レベル上げをするといっても、今の俺に倒せる生物は限られてくる。

ただの生物を倒すよりも、魔物を倒したほうがレベルは上がりやすい。魔物の中では最下層に位置するゴブリンは、レベル上げに丁度いい。

「武器を作るか」

《錬成《れんせい》》で洞窟の壁を削《けず》り出《だ》し、《岩石細工《がんせきざいく》》で剣を作った。そして、持ち手の部分に蛇の皮を巻きつける。

『《岩石細工《がんせきざいく》》のレベルが2になりました』

剣もできたし、おまけに《岩石細工《がんせきざいく》》のレベルも上がった。一石二鳥《いっせきにちょう》だ。

「うん。重いけど、これくらいならなんとかなりそうだな。早速行くか」

石剣を右手で持ち、まじまじと見つめる。少し重いが、急ごしらえにしては悪くないだろう。

気合を入れると、洞窟の外に出た。そして、そのまま森の中に入るのだった。


「う～ん……意外といないもんなんだな～」

洞窟を出てから三十分程、森の中を歩いているが、動物は一切出てこない。

「まあ、気長に探すか～」

気持ちを切り替えそう思った時、横から何かが飛んできた。

「なんだ⁉　うおっと」

俺は《体術《たいじゅつ》》を使い、素早くしゃがんで飛んできた何かを避ける。

「ちっ、どこいった？」

飛んでいった方向を見てみるも、そこには何もなかった。

急に消えてしまうなんて、そんなはずはない。じっと見つめていると、五メートル程先にあった木の根が地面から飛び出し、鞭《むち》のように俺を叩きつけた。

「よっと」

横に転がり、根を回避する。

「これってトレントってやつだよな？」

トレントは前世でよくやっていたゲームに出てきた、木に擬態《ぎたい》して獲物《えもの》を狙う魔物だ。

よく見ると、前方の木に、醜悪《しゅうあく》な顔がついている。

「《炎斬《えんざん》》！　木はよく燃えるだろ！」

そう言いながら、トレントに炎の斬撃を放つ。

「ガアアアァァ!!」

俺の言葉通り、トレントは為《な》す術《すべ》なく上下に真っ二つになって、燃え上がって死んだ。

それにしても……よく燃えてるな。いや、燃えすぎじゃないか……？

「よし、《水球《すいきゅう》》！」

森林火災にならないように、トレントの死骸を鎮火《ちんか》する。

「トレントは見た目通り、火が弱点のようだな。てか、こいつの体って木材になったりするのかな？」

俺は立ち上がると、トレントの死骸を見た。

ゲームの中では、トレントから高品質な木材が採《と》れる。ティリオスでも同じなのかはわからないが、その可能性はゼロではない。

「少し持っていくか」

石剣を一時的に石斧《いしおの》に変えると、トレントの死骸を切り分けた。

「ふぅ……結構硬かったな。《収納《ボックス》》！」

幹《みき》っぽいところの太さは五十センチ程で、それを切断するのに石斧を三十回ぐらい振り下ろした。

思いがけない重労働だ。木を切断するのって結構大変なんだな。

トレントの一部を《収納《ボックス》》に入れると、俺は再び歩き出した。


「……ん？　あれは……ゴブリンだよな？」

あれから更に三十分程歩いたところで、また別の魔物を見つけた。

木の裏に隠れながら前方を確認する。そこには三体の人型の魔物がいた。

小柄で、全身が深緑色の皮膚《ひふ》で覆《おお》われている。耳が長く、右手には錆《さ》びた剣や木の棍棒《こんぼう》を持ち、腰には動物の毛皮を巻きつけている。

間違いない、お目当てのゴブリンだ。

「《風斬《ふうざん》》」

木の裏に隠れたまま、気づかれないように小さめの声で魔法名を言い、風の刃を放つ。

「グギャ！」

一体のゴブリンが、頭から大量の血を流しながら地面に倒れ、死んだ。

「グギャ⁉」

「ギャギャ⁉」

二体のゴブリンは魔法が飛んできた方向を見たが、隠れていたお陰で見つかることはなかった。

効率よくレベルを上げるためには、頭を使わないとね。

「そろそろ一気に仕掛けるか」

「「ギャギャ!?」」

二体のゴブリンはいきなり俺が現れたことで、次の攻撃への反応が遅れてしまった。

その遅れは、ゴブリンにとっては致命的だ。

「はあっ！」

横なぎに剣を振って、ゴブリン二体をまとめて葬《ほうむ》る。

「あ～《精神強化《せいしんきょうか》》がレベル２になっても、これはキツいな……」

これまで動物や木の姿の魔物を倒してきたものの、人型は初めてだ。

魔法ではなく感触のわかる剣でザクッとやるのも、何より大量に出てくる血がヤバかった。《精《せい》神強化《しんきょうか》》のスキルがあっても目を背《そむ》けたくなるレベル。

「よっと、《浄化《じょうか》》！」

ゴブリンが持っていた錆びた剣を回収し、《浄化《じょうか》》で剣と辺り一帯の血の汚れを消す。

「この世界に来て初めての金属ゲット！　こいつに《錬成《れんせい》》を使えば、石の剣よりはいいものになるだろ。《錬成《れんせい》》！」

すると、剣から錆がポロポロと落ちていき、最終的にはそれなりに使えそうな鉄剣になった。

「成功だな」

鉄を錆の原因である酸素から分離させることで、綺麗な状態に戻したのだ。

この辺の知識は、中学の時に塾で頭がパンパンになるまで、理科の化学式を詰め込まれたせいで、よく覚えている。

『スキル、《金属細工《きんぞくさいく》》を取得しました』


「よしっ！　ナイスタイミング！」

思わずガッツポーズをして喜ぶ。

岩から鉄になったとはいえ、正直まだまだ鈍《なまくら》だと思っていたところに、この朗報だ。

「では早速、《金属細工《きんぞくさいく》》！」

鉄剣がより鋭くなった。石剣に使っていた蛇の皮を巻き、俺の新しい武器が誕生した。

これでまた新たな敵を倒して、俺ＴＵＥＥＥに向けて前進だ！

「さて、行くか」

剣を片手に、先へと進む。

しかし、俺はすぐに立ち止まった。ドタドタと大量の足音が聞こえる……

もしかして……そう思った直後、前方から大量のゴブリンが姿を現した。

「うわぁ！　めっちゃ出てきた！」

森の奥からぞろぞろとゴブリンが姿を現す。だが、これは想定内だ。

女神様からもらった知識によると、この世界では、ゴブリンは一体見つかれば三十体はいる、と言われている。地球でいうところのゴキブリみたいなものだ。

一日に何千何万ものゴブリンが人間を含む様々な敵によって殺されているが、一方で、一日に何千何万ものゴブリンが生まれるため、数はなかなか減らない。

「ギャギャギャ！」

ゴブリンの集団は俺に武器を向け、ゆっくりと近づいてくる。

「近づかれる前にやったほうがいいな。《風斬《ふうざん》》！」

ゴブリンの集団めがけて、風の刃を大量に放つ。

「グギャァ!!」

「ギャァ……」

今の魔法で、ほとんどのゴブリンは倒せた。残っているのは身長百七十センチ程の、体格のいい親玉のゴブリン一体だけだ。

「ギャギャ!!」

親玉ゴブリンは叫ぶと、俺に突撃してきた。

いかついな。なんか強そう……

近距離戦では負けそうなので、近づかせないようにすることにした。

「《影捕縛《シャドーバインド》》！」

影から生まれた漆黒のロープで、ゴブリンを拘束しようと試《こころ》みる。

だが剣を振り下ろされ、難なく破壊されてしまった。

あのゴブリンが持ってる剣、他のゴブリンのとは違う……なんかいいやつっぽいぞ。

『闇属性のレベルが2になりました』

闇魔法のレベルが上がったことを知らされるが、今はそれどころではない。

「ちっ、《炎斬》《えんざん》！」

炎の斬撃を三つ放つ。三つの斬撃はそれぞれ頭、腹、足を狙って放たれたものだ。躱すには大きく移動しなくてはならない。これには対処できないだろう。

「グギャア!!」

ゴブリンは、腹への攻撃を剣で防ぎ、頭への攻撃は顔を横にそらし避けたものの、足に来た攻撃には対応できず、足がスパッと切れてしまった。

「これで終わりだ。《火球》《かきゅう》！」

身動きが取れなくなってしまえばこちらのものだ。《火球》《かきゅう》で親玉ゴブリンを焼いてとどめを刺す。これで、ゴブリンの集団は全滅だ。

喜びのガッツポーズをしてから、親玉のゴブリンが使っていた剣を手に取る。

「この剣の材質はなんだろう？」

黒光りするこの剣は、間違いなく鉄ではない。鋼《はがね》や銀でもなさそうだ。

「う～ん……気になるな……」

俺は剣をまじまじと見つめた。

『スキル、《鑑定《かんてい》》を取得しました』

「え、マジ!?」

《鑑定《かんてい》》のスキルを取得したことに、俺は驚き、そして喜んだ。

実は、最初にスキルを選べと言われた時、《精神強化《せいしんきょうか》》と同じくらい《鑑定《かんてい》》が欲しかった。

女神様の前で一時間位考えたが、その内の八割が最初に持つスキルをどっちにするか迷っている時間だった。

スキルの取得は、天職に関係するもの以外は完全に運なので、こんなにも早く取得できるのは幸運なことなのだ。

「じゃあ早速、《鑑定《かんてい》》！」

ゴブリンの親玉が使っていた剣を見てみる。

【魔鋼《まこう》の剣《つるぎ》】

刀身は魔鋼、持ち手はトレント材で作られた剣。

「……魔鋼ってなんだ？」

知らない言葉だ。次は剣ではなく、刀身に《鑑定《かんてい》》を使った。

【魔鋼】

《鍛冶《かじ》》のスキルによって魔力が込められた鋼鉄《こうてつ》。魔力伝導性《まりょくでんどうせい》があり、強度はもとの鋼鉄の五倍になっている。


「なるほどな」

とりあえず、めっちゃ硬い鋼鉄と考えておけばよさそうだ。

「あとは魔力伝導性か……」

どういうものなのかはわからないが、その名称と前世のゲーム知識から考えるに、この剣は魔力を流すことで、斬れ味をよくすることができるのだろう。

「ま、ものは試しだな」

考えるよりも実際に使ってみるのが早い。剣を構えると、一本の木に切りかかった。

カンッ！

剣は木の半分程まで突き刺さったが、切り倒すことはできない。

「次は魔力を流してみよう」

別の木の前に立つと、次は剣に魔力を込めてから切りかかった。

スコンッ！

すると、今度は木が切断され、地面に倒れた。

「なるほど。魔力を流したら、木を一発で切り倒すことができた。魔力伝導性っていうのは、魔力を武器の威力に変えられる性質っぽいな」

顎《あご》に手を当てて納得し、《金属細工《きんぞくざいく》》で小さな刃こぼれを直す。

『《金属細工《きんぞくざいく》》のレベルが2になりました』

「おっ、さっき取得したばかりなのに、もうレベルが上がったぞ。さて、あれだけの数のゴブリンを倒したんだ。他のステータスや俺自身のレベルも多少は上がってるだろ」

そう考え、ステータスと念じた。


【レイン】
・年齢：18歳　・性別：男
・天職：錬金術師　・種族：半神　・レベル：9
・状態：健康

〈身体能力〉
・体力：410／480　・魔力：530／540
・攻撃：460　・防護：460　・俊敏：510

（魔法）
・火属性：レベル2　・水属性：レベル1
・風属性：レベル2　・土属性：レベル1
・光属性：レベル2　・闇属性：レベル2
・氷属性：レベル2　・雷属性：レベル2
・無属性：レベル1　・時空属性：レベル2

（パッシブスキル）
・精神強化：レベル2

（アクティブスキル）
・錬成：レベル2　・岩石細工：レベル2　・金属細工：レベル2
・体術：レベル1　・鑑定：レベル1

「結構強くなったな」

だんだん強くなっていくステータスに、胸が高鳴る。

前世でやっていたゲームでは、地道な作業を繰り返し最強の装備を揃え、長い時間をかけてレベルを最大まで上げていたっけ。

『作業厨』である俺にとっては、こうして徐々に自分のステータスを上げていったり、持っている武器を強くしたりすることは、快感でしかない。

この作業を面倒くさがるプレイヤーもいたが、結局ボスに挑むまでの準備が一番大事なんだよなぁ……

「さて、先に進むとするか」

ステータスを確認した俺は、剣を片手に再び歩き出した。


「……今思ったけど、魔法名って必ず言わないといけないものなのかな？」

森の中を歩いている時、ふとそう思った。

普段は、魔法の名前を口に出したあとに魔法陣が現れ、そこから魔法が発動する。

だが、例えば隠れている状態で魔法を放つ時に、この方法だと声を抑えないといけないので、神経が擦《す》り減《へ》ってしまう。

「やってみるか……」

そう呟くと、俺は左手を前方に向けた。

《礫弾《れきだん》》！

頭の中で唱える。すると、左手に黄色の魔法陣が現れた。

そして、そこから拳くらいの大きさの石が一つ飛び出してくる――はずだったのだが、実際に出たのは砂だった。

しかも、出てきたのが砂にもかかわらず、消費した魔力量はいつもと変わらない。

「今のあれだな。なんか無駄に魔力を消費しちゃった気がするな」

改善するには、練習しかないだろう。

何かをやり続けるのは、俺が最も得意としていることだ。まあ、興味がある分野に限られるが……

今日は魔法のレベル上げも兼ねて、魔法名を口に出さない、いわゆる無詠唱《むえいしょう》の練習をすることにした。


『水属性のレベルが2になりました』

『土属性のレベルが2になりました』


「う～ん……難しいな……」

あれから、昼食をはさんで四時間程やったが、せいぜい飛び出してくるのが砂から砂利《じゃり》に変わったぐらいだ。

「魔力の操作って結構難しいんだなぁ……」

無詠唱の魔法は、普段の魔法のように、魔力を一気にどばっと出して魔法陣を作るのではなく、頭の中で魔法名を叫んでいる間に魔力を少しずつ、均一《きんいつ》に出して作る。

だが、これが思った以上に大変だ。少しでも均一でなくなったら、さっきのように不完全な魔法になってしまう。

「まあ、時間は無限にある。何十年とやれば、無意識にできるようになるんじゃないかな」

種族を半神にしてもらったお陰で、俺は寿命では死なない。

時間をかけるのは得意だし、気長にやるとしよう。

ひとまず、探索兼《けん》レベル上げ兼無詠唱の練習は終わりにして、そろそろ帰ることにする。

そう思った直後、近くで魔物の鳴き声がした。

「ガァ!!」

「グルルゥ……」

溢れ出ている殺気と威嚇するような二種類の鳴き声から察するに、違う種族の魔物が争っているのかもしれない。

「これって漁夫《ぎょふ》の利《り》が狙えるんじゃね？」

それぞれが弱ったところに俺が突撃すれば、簡単に倒すことができるだろう。

我ながらナイスアイデアだ。

「ちょっと行ってみるか」

剣を構え、鳴き声がした方向に向かって走り出す。三十メートル程走ったところで立ち止まり、木の裏に隠れた。

「あれか……」

前方には体長三メートル程の、豚の顔をした人型の魔物二十体と、子供の狼を守るようにして魔物の集団に立ち向かう一匹の白銀の狼がいた。

「《鑑定《かんてい》》」

頭の中にステータスが浮かんでくる。


【???】
・年齢：8歳　・性別：男
・種族：オーク　・レベル：13
・状態：失血

（身体能力）
・体力：120／610　・魔力：210／210
・攻撃：600　・防護：解析不能　・俊敏：400

【???】
・年齢：17歳　・性別：女
・種族：シルバーウルフ　・レベル：31
・状態：失血

〈身体能力〉
・体力：100／1720　・魔力：20／830
・攻撃：解析不能　・防護：解析不能　・俊敏：解析不能

〈魔法〉
・水属性：レベル4

「なるほどな……」

自身のレベルが足りないせいで、一部ステータスが見られない箇所《かしょ》もあったが、なんとなく両者の強さを把握することはできた。

それにしても、この状況、どうするのが正解だろうか……

「あの親子を助けてやりたいな……」

二匹のシルバーウルフは、親子で間違いないだろう。そして、親のシルバーウルフが、子を守るためにボロボロになりながらも、立ち向かっている。

この状況で、「漁夫の利だー！」と言いながら突撃して、どっちも倒すのは精神的にくる。これは、俺の性格上《精神強化《せいしんきょうか》》がレベル10になっても耐えられないだろう。

オークの集団を倒したあとに、シルバーウルフに襲われる可能性もある。しかし、それでも助けないという選択肢を取ることはできなかった。

「《炎斬《えんざん》》！」

俺は木の裏から飛び出すと、オークの集団めがけて大量の炎の斬撃を放った。

「⁉　グガァ‼」

「ガアアァ‼」

オークたちは、斬られて燃やされる痛みで苦しんでいる。

「終わりだ。《礫弾《れきだん》》！」

更に大量の石の礫を撃ち込んで、とどめを刺す。

「よし。親子は無事か……？」

手早くオークを倒し終えると息を吐き、シルバーウルフの親子のほうを見た。

親のシルバーウルフは俺を見て、足を震《ふる》わせながら威嚇している。

「《回復《ヒール》》、《浄化《じょうか》》」

威嚇されているが気にせず、傷を治癒し、血の汚れも消した。

「グルルゥ？」

親のシルバーウルフは、傷が治った場所を不思議そうに見つめている。

「頑張ったな」

俺は思わず親のシルバーウルフの頭を撫《な》でた。

『スキル、《テイム》を取得しました。シルバーウルフを《テイム》しますか？　ＹＥＳ／ＮＯ』

「え⁉」

新たなスキルが追加された。《テイム》という、魔物を仲間にすることができるスキルだ。

そして、目の前にいるシルバーウルフは、仲間になりたそうな目で俺のことをじっと見つめてくる。うん。これはやるしかない。

「よし、ＹＥＳだ！」

『シルバーウルフを《テイム》しました』

その瞬間、俺とシルバーウルフが、何かで繋《つな》がったように感じた。

「おお！　凄《すげ》ぇ！」

《テイム》できたことに喜んでいると、シルバーウルフが、後ろにいる子供を俺の前につれてきた。

『シルバーウルフを《テイム》しますか？　ＹＥＳ／ＮＯ』

なんと、子供のシルバーウルフも《テイム》することができるようだ。

「よし、こっちもＹＥＳだ！」

『シルバーウルフを《テイム》しました』

「おお！　今日一日で、可愛いペットが二匹も増えるとは……」

俺は早速二匹のシルバーウルフの頭を撫でてみた。うん。癒《いや》される。

「あ、名前を決めておかないとな」

ステータスで見た時は名前がなかった。それなら、俺が決めても問題ないだろう。

「よし、君の名前はシュガー！　君の名前はソルトだ！」

二匹の真っ白な体毛から、俺は親のシルバーウルフにシュガー、子供のシルバーウルフにソルトと名づけた。日本語訳すると、砂糖と塩。

自分のネーミングセンスのなさに若干呆《あき》れたが、幸いなことに、二匹はその名前を気に入ってくれたようだ。

「ワフッ！」

「クウン」

嬉しそうに鳴くと、俺に甘えてきた。ああ、悶死《もんし》しそうだ……

「おっと、可愛さにやられるところだった。危ない危ない。じゃ、家に帰るか」

俺はソルトを抱っこすると、シュガー、ソルトと共に家に帰った。

「あ～帰ってきた。ここが俺の家だよ」

日が暮れた頃、ようやく俺たちは家に帰ってくることができた。

シュガーとソルトの頭を撫でながら、家の紹介をする。

「ワフッ！」

「グルゥ！」

二匹は、家の前を走り回った。まるで、新居に引っ越してきてはしゃぐ子供のようだ。

「シュガー！　ソルト！　こっち来て！」

そう呼ぶと、二匹はちゃんと俺の前に来てくれる。《テイム》するとある程度の意思疎通《いしそつう》ができるようになるようだ。

「ほら、ご飯だよ」

《収納《ボックス》》から狼の肉を取り出すと、二匹の前に置いた。

狼に狼の肉を食わせるという、なかなかにサイコなことをしてしまったが、二匹とも気にしていないようでよかった。

「ワフッ！」

美味しそうに肉を食べている。そして、俺もその様子を見て癒されながら、二匹と同じく狼の肉を食べていた。

「一人で食事をするよりも圧倒的に楽しいな……」

しみじみとそんなことを思いながら、狼の肉を完食したのだった。

「さてと……まだ寝るには早いし、魔法のレベル上げをしとこうかな」

そう思い立ち、川沿いに行って魔法を使う。

「《防壁《シールド》》！」

目の前に白色の魔法陣が現れた。その直後、その魔法陣の前に透明な壁が出現する。これは自身の目の前に透明な防壁を展開する無属性の魔法、《防壁《シールド》》だ。

そのあと、俺は《防壁《シールド》》を解除し、再度《防壁《シールド》》を展開した。

「《防壁《シールド》》！　《防壁《シールド》》！　《防壁《シールド》》！　《防壁《シールド》》！」

とにかく《防壁《シールド》》を使いまくる。

『無属性のレベルが2になりました』

これで、全属性のレベルが2になった。

「よし、あとはよく使う魔法にしとくか。《火球《かきゅう》》！」

今度は、火属性の魔法を撃ちまくる。

魔力を使い切ったらシュガーとソルトとじゃれ合う。そして、魔力が回復したら、再び魔法を使う。俺はこれをやり続けた。

途中からシュガーとソルトも魔法を撃ち始めた。シュガーは水属性、ソルトは風属性の魔法だ。

その結果……

『火属性のレベルが3になりました』

四時間程経過したところで、ようやく火属性のレベルが3になった。

ソルトも、風属性のレベルが2に上がっていた。

シュガーはあれだけやっても上がることはなかった。シュガーはそのことに落ち込んでいるようだったので、安心させるように頭を撫でる。

「あ、そういえばオークをたくさん倒したんだったな」

自分よりも高いステータスだったオークを倒したので、俺のレベルはかなり上がっていることだろう。

期待しながら、ステータスと念じる。


【レイン】
・年齢：18歳　・性別：男
・天職：錬金術師　・種族：半神　・レベル：17
・状態：健康

〈身体能力〉
・体力：970／970　・魔力：120／1080

・攻撃：950　・防護：970　・俊敏：1020

〈魔法〉
・火属性：レベル3　・水属性：レベル2
・風属性：レベル2　・土属性：レベル2
・光属性：レベル2　・闇属性：レベル2
・氷属性：レベル2　・雷属性：レベル2
・無属性：レベル2　・時空属性：レベル2

〈パッシブスキル〉
・精神強化：レベル2

〈アクティブスキル〉
・錬成：レベル2　・岩石細工：レベル2　・金属細工：レベル2
・体術：レベル1　・鑑定：レベル1　・テイム：レベル1

「めっちゃ上がってるな」

自分より格上の相手を大量に倒したことで、俺のレベルは8も上がり、17になっていた。

「ふぁ〜……そろそろ寝るか。ソルト、シュガー、行くよ」

「クウン！」

「ワフッ！」

二匹はすぐに俺のもとに来てくれた。狼の親子の頭を優しく撫でる。

「じゃあ行くよ。《短距離転移《ショートワープ》》！」

家の前まで行くと、魔法で二匹と一緒に家の中に転移した。

入り口には落とし穴があって危ないからね。

「よっと……て、葉っぱが〜」

ベッドを見ると、枕とシーツ替わりにしていた葉っぱが茶色くなってしまっていた。

そんなぁ……と、少し大げさに嘆《なげ》いていると、シュガーとソルトが俺のことを気遣《きづか》うような視線を向けてくる。

「ああ……まじで可愛い……」

またもや悶死しかけていると、シュガーがベッドの上に乗った。そして、丁度枕があった場所で丸まる。

「ワフワフッ！」

自分の腹を枕にするよう言っているのか……？

「じゃあ、し、失礼します……」

少し緊張しながら、ベッドに寝転がると、シュガーの腹に頭を乗せた。

「……あったかい」

シュガーの体温が伝わり、なんだか心地いい。すると、今度はソルトが俺の隣に寝転んだ。

「……あったかい。可愛い。落ち着く……」

一気に眠くなってきた……

「……明日からは本格的にレベル上げをしようかな……」

レベル上げの時に倒した動物の中で、食べられそうなものを食料にしたら、狩りをする手間も省《はぶ》けるだろう。最悪見つからなくても、近くの川を泳いでいる魚をまた捕まえて食べればいい。

「……おやすみ……」

安らかな気分でそう呟くと、俺は意識を手放した。

◇　◇　◇

「はぁ～いい朝だ」

次の日、朝食を食べ終えた俺は洞窟の外で体を伸ばしながら、川のほうを見た。

川では、シュガーとソルトが水浴びと食事をしている。

シュガーが水魔法で牢獄《ろうごく》を作り、川を泳いでいる小魚を捕まえ、ソルトに与える。ソルトは、シュガーが捕まえた魚を美味しそうに食べている。

「う～ん……シュガーがいれば心強いんだけど、ソルトのことを考えるとなぁ……」

ソルトはまだ子供なので、安全上の理由でレベル上げに連れていくことはできない。そして、家に残るソルトを守ってもらうために、シュガーも連れてはいけない。

「シュガー！　ソルト！」

そう呼ぶと、二匹はすぐに駆け寄ってくる。そして、愛《あい》らしい目で、俺のことを見つめる。

「シュガーはここで俺の家と、ソルトを守っててくれないかな？　夕方には帰ってくるよ」

申し訳ない気持ちで、シュガーの頭を撫でる。

「ワフッ！」

シュガーが元気に鳴く。その声は心なしか「わかった！」と言っているような気がする。

「ソルトが成長したら、一緒に行こうな」

俺は二匹の頭を撫でると、剣を片手に森の中へと入っていった。


「……み～っけた」

木の裏に隠れながら、チラッと前方を見る。

そこには開けた場所があり、ボロい家がたくさん立っていた。一見、人が住んでいるのか？　と思うが、そこに住んでいるのは人ではなく、ゴブリンだ。

ゴブリンたちは木材を持ってきては、頑張って家を作っている。その努力をぶち壊すようなマネはしたくないが、数が増えすぎたら手がつけられなくなる可能性がある。

見た感じ、既《すで》に百体以上のゴブリンがいる。これに、ゴブリンの異常な繁殖力《はんしょくりょく》が加わったら……

うん。恐ろしい。

「悪いけど、同情はなしだ！　《火球《かきゅう》》！」

家に向かって《火球《かきゅう》》を撃ち、家の中にいたゴブリンを焼き殺していく。なかなか残酷《ざんこく》なことをしているが、相手はゴブリンなので、問題ない。

「ギャギャギャ！」

ゴブリン集団が俺に気づいて、近づいてくる。ここは魔力量のことを考えて、少し工夫してこいつらを倒すとしよう。

「《炎斬《えんざん》》！」

炎の斬撃をたくさん飛ばし、ゴブリンを次々と倒した。だが、流石に数が多い。

ゴブリン集団との距離はどんどん縮まっていき、残り五メートル程になってしまった。

俺の魔力は残り二割。あと《炎斬《えんざん》》を四発程使ったら、魔力切れになってしまうだろう。

「《短距離転移《ショートワープ》》！」

転移魔法を使い、すぐ後ろにある森の茂《しげ》みに移動する。

「ゲゲ!?」

「ギャギャ!?」

ゴブリン集団は、突然俺が消えたことに混乱し、辺りをキョロキョロと見回していた。その間に、魔力はどんどん回復していく。

そして、完全回復したところで、茂みから飛び出し、ゴブリン集団に斬りかかった。

「はあっ！」

「ギャアア!!」

不意をつき、数体のゴブリンを倒すことができた。作戦成功だ！

だが、俺のことを視認したゴブリンが、次々と襲いかかってくる。

「《水球《すいきゅう》》！」

いきなり水をかけられたことで、ゴブリン集団の動きが一瞬止まった。

「《短距離転移《ショートワープ》》！」

俺はその隙に十メートル程上に転移する。そして、すかさず魔法を放った。

「《天雷《てんらい》》！」

すると、俺の手に現れた黄色の魔法陣から、《小天雷《しょうてんらい》》よりも大きめの雷が放たれた。そして、地上にいたゴブリン集団を襲う。

「ギャギャー!!」

水をかぶったゴブリンたちは次々に感電し、ほぼ全員が《天雷《てんらい》》の餌食《えじき》となった。

「《風壁《ふうへき》》！」

地面に落ちる直前に風の壁を地面に作り、落下の衝撃を和《やわ》らげた。

「よし、はあっ！」

そしてすぐさま、残ったゴブリンたちに向かって剣を振る。

「ギャギャ！」

生き残った数体のゴブリンが一斉に襲ってくる。だが、数体なら剣でも容易《たやす》く仕留められる。

「はあっ！　よっと」

俺は前から来た二体を斬り殺すと、右から来たゴブリンに蹴りを入れた。

そして、左側から来たゴブリンの攻撃をなんなく避けると、素早くそのゴブリンに近づいて、剣を振る。

「ギャー！」

ゴブリンは腹を斬り裂かれ、息絶えた。

こうして、戦いが始まってから僅《わず》か三十分程で、ゴブリン集団は全滅した。

数は多かったが、案外呆気《あっけ》なく終わってしまったな。どれくらいレベルが上がるか楽しみだ。

「はぁ……くっ、ここで深く息吸っちゃダメだ……」

周りにはゴブリンの死骸が大量にある。そして、そこから発生した悪臭が俺の鼻を刺激する。

「……燃やすか。《火球《かきゅう》》！」

だが、今度は焼ける肉の臭いが、辺りに広がる。

「ゴブリンの死骸は処理に困るな……《風壁《ふうへき》》！」

風の壁を四方に展開することで、臭いを吹き飛ばす。

「ふぅ……そういえばレベルの目標を決めてなかったな」

こういうのは、目標を決めてやったほうが、達成感が生まれる。

前世でゲームをする時も、必ず目標や縛《しば》りを設定して、誰もたどり着けないような境地に達したものだ。

「う〜ん……どうせならレベル10000とか目指してみようかな。これくらい上げれば、世界最強になって、俺TUEEEができるだろ」

俺はニヤリと笑うと、再び歩き出した。

軽い気持ちで設定したこの目標が、のちに俺の命運を大きく変えるとは、この時はまだ思っていなかった。レベル1000をリアルの人生で達成するのはめちゃくちゃ大変だということに気づいていなかったのだ。いや、ていうか普通の人間ならほぼ不可能。レベル10000なんて化け物だ。

そうして、ここから俺の果てしないレベル上げが始まったのだった。

第三章　レベル上げに没頭すること……三百年⁉

百年後――

「あれは……フォレストコングの群れか」

前方に、深緑色の体毛で覆われたゴリラが十五体いた。そいつらは木の実や魔物の肉をガツガツと食べている。前世にいた頃、テレビで見た早食い選手の食べっぷりによく似ている。

前世か……懐《なつ》かしいな……

遠い昔の記憶がふと蘇《よみがえ》ったことに、俺は思わず笑みを浮かべる。

そっと近づくと、そいつらに《鑑定《かんてい》》を使った。

【？？？】

・年齢：17歳　・性別：男

・種族：フォレストコング　・レベル：71

・状態：健康

〈身体能力〉

・体力：5900／5900　・魔力：5100／5100
・攻撃：6900　・防護：6500　・俊敏：5300

〈パッシブスキル〉
・怪力《かいりき》：レベル5

うん。強くない。容易く殺《や》れるな。

そう呟くと、剣も持たずにフォレストコングの群れに突っ込んだ。

「よし、やるか」

心の中で呪文を唱える。

《氷石化《アイスストーン》》

すると、目の前に直径一メートル程の青色の魔法陣が現れた。

そして、そこから噴《ふ》き出《だ》した冷気が、前方にいたフォレストコングに襲いかかる。

食事に夢中だったフォレストコングたちは、為す術もなく氷像《ひょうぞう》と化《か》した。

ただ氷に包まれたのではない。体の芯《しん》から凍りつき永久にこの場所に鎮座《ちんざ》する、文字通り『氷像』になったのだ。

「次行くか」

フォレストコングの氷像を破壊し、走り出す。

「ワフッ！」

「ワフゥ！」

前方から二匹の白銀の体毛を持つ狼が、駆け寄ってきた。体長は、どちらも二メートル程だ。

「ソルト、シュガー、《念話《ねんわ》》」

俺は二匹と《念話《ねんわ》》を繋いだ。

『ご主人様！　あっちにオークがいるよ！』

『マスター、そいつらを今日の夕食にしましょう』

《念話《ねんわ》》によって、二匹の伝えたいことが、頭の中に入ってくる。

これは、四十年程前にソルトとシュガーが同時に取得したスキルで、言葉を脳内で他者に伝えることができる。

距離の制限は、現在は約五十メートルだが、レベルが上がるにつれてどんどん伸びている。

ソルトが子供っぽい声なのは予想していたけど、シュガーの声が妖艶《ようえん》なお姉さんだったのには、驚いた。この声を最初に聞いた時は、思わずドキッとしてしまった。

『わかった。みんなで倒すぞ』

俺は《念話《ねんわ》》で答えると、二匹のあとを追いかけた。

それにしても、この親子は随分強くなったものだなぁ……

俺は久しぶりに二匹のステータスを見る。


【ソルト】

・年齢：１０１歳　・性別：男
・種族：シルバーウルフ　・レベル：３３５
・状態：健康

（身体能力）
・体力：２３１００／２６３００　・魔力：２３５００／３０１００
・攻撃：２９１００　・防護：２５３００　・俊敏：３１２００

（魔法）
・風属性：レベル８

（アクティブスキル）
・空歩《くうほ》：レベル６　・念話：レベル６

【シュガー】
・年齢：１１７歳　・性別：女
・種族：シルバーウルフ　・レベル：３４１
・状態：健康

〈身体能力〉
・体力：16600／28400　・魔力：28700／30200
・攻撃：28300　・防護：25900　・俊敏：31800

〈魔法〉
・水属性：レベル8

〈アクティブスキル〉
・空歩：レベル6　・念話：レベル6

「うん。いい感じだ」

二匹は積極的に魔物を狩っているわけではないが、それでも百年経過すれば、これくらい強くなるものだろう。

それにしてもシュガーとソルトが、普通の狼のように寿命で死なないでよかったぁ……これはマジで《テイム》のスキルに感謝だな。

《テイム》によって従魔になった魔物は、主人が死ぬまで死なない。つまり、半神である俺が《テイム》したら、実質寿命がなくなるということになる。

このことについて教えたら、二匹は大喜びしてくれた。もしかしたら長生きすることを苦痛に感じるかもしれないと思っていた俺は、その様子を見て内心ホッとしたものだ。

さて、では最後に俺のステータスを見るとしよう。

【レイン】

・年齢：118歳　・性別：男

・天職：錬金術師　・種族：半神　・レベル：3921

・状態：健康

〈身体能力〉

・体力：319800／319800　・魔力：342100／342100

・攻撃：302200　・防護：319100　・俊敏：331200

〈魔法〉

・火属性：レベル7　・水属性：レベル6

・風属性：レベル6　・土属性：レベル6

・光属性：レベル8　・闇属性：レベル6

・氷属性：レベル8　・雷属性：レベル8

・無属性：レベル6　・時空属性：レベル8

（パッシブスキル）

・精神強化：レベル5

（アクティブスキル）

・錬成：レベル3　・岩石細工：レベル3　・金属細工：レベル3

・体術：レベル7　・鑑定：レベル8　・テイム：レベル7

・念話：レベル7　・思考加速《しこうかそく》：レベル6

（称号）

・レベル上げのプロ　・最上級《さいじょうきゅう》魔法師《まほうし》

「思った以上に上がってるな」

俺は自分のステータスを見て、目を見開いた。

「やっぱり、寿命と老化がないこと以外は人間とほぼ同じっていうのが、レベルを上げるにあたりかなり助かってるよなぁ……」

この世界には、人間以外の種族も多数存在している。

その中には、三百年程の寿命を持つドワーフや、八百年程の寿命を持つエルフもいる。これらの種族は、人間と比べると、レベルが上がる速度が遅い。ドワーフなら人間の三分の一、エルフなら人間の八分の一の速度になっている。

だが、俺は人間と同じペースでレベルが上がる。これってつまり、俺は寿命がないのと老化しないこと以外は人間と同じって認識でＯＫだよな……多分。

『ご主人様！　そこにいるよ！』

考えながら走っていると、ソルトが《念話《ねんわ》》で話しかけてきた。

『わかった』

我に返った俺は返事をすると、目の前に新たに現れたオークの集団に魔法を放つのだった。

◇　◇　◇

更に百年後――

「おら！」

そう叫びながら、右手を前に向ける。すると、現れた魔法陣から、圧倒的な熱量を持つ炎が、龍《りゅう》の息吹《いぶき》のように放たれ、前方にいた大量の魔物を焼き払った。

「これでもくらえ！」

「はぁ！」

後ろから襲ってくる魔物は、シュガーとソルトが魔法で倒してくれる。

焼き払った魔物たちは、塵《ちり》となって消えた。

「ふぅ～やっぱりダンジョンはいいな。魔物が次々と現れる」

ここは森の中を走っていたら、偶然見つけたダンジョンだ。見つけた時は何かの遺跡《いせき》かと思ったが、建物の中で魔物がどんどん生み出されていることと、罠が無数に存在していることから、ダンジョンであるとわかった。

「ここらで夕食にするか」

俺は二匹のもとに行くと、魔物を拒絶する結界、《聖域結界《サンクチュアリフィールド》》を張った。シュガーとソルトは魔物だが、《テイム》のスキルで俺と繋がっているため、この結界の影響を受けない。

「ソルト、シュガー、何食べたい？」

無限にものを入れられる収納系の魔法、《無限収納《インベントリ》》から木製の椅子や机を取り出し、二匹に問いかける。《テイム》のスキルがレベル10になったところで、《念話《ねんわ》》を使わなくても、普通に会話することができるようになったのだ。

「え～とね、僕はオークの肉が食べたい」

「そうですね……私は魚が食べたいです」

「わかった」

俺は《無限収納《インベントリ》》から生のオークの肉と、川で取った大量の小魚を取り出し、それぞれソルトとシュガーの前に置いた。

「もぐもぐ……うん。美味しい！」

「もう大人なんだから、マスターを見習って、もっと行儀《ぎょうぎ》よく食べなさい」

ガツガツと食べるソルトを、シュガーが注意している。この様子はまさしく親子って感じがして、結構和《なご》む。

「ダンジョンでレベル上げを始めてもう九十年か……どのくらい上がったのかな？」

俺はシュガーとソルトのステータスを見る。

【ソルト】

・年齢：201歳　・性別：男

・種族：シルバーウルフ　・レベル：1023

・状態：健康

（身体能力）

・体力：791000／791000　・魔力：953000／953000

・攻撃：892000　・防護：763000　・俊敏：961000

（魔法）

・風属性：レベル10

（アクティブスキル）
・空歩：レベル9　・念話：レベル9　・気配察知《けはいさっち》：レベル8

【シュガー】
・年齢：217歳　・性別：女
・種族：シルバーウルフ　・レベル：1031
・状態：健康

（身体能力）
・体力：80200／80200　・魔力：95900／95900
・攻撃：86900　・防護：77200　・俊敏：97300

（魔法）
・水属性：レベル10

（アクティブスキル）
・空歩：レベル9　・念話レベル9　・気配察知：レベル8

ダンジョンに入り、魔物を倒すことが格段に増えたことで、レベルはかなり上がっている。

「うんうん。可愛くて強いってもう最高だよ」

俺は二匹のステータスを見て、満足しながら、オークの焼肉を食べる。

オークの肉の味は、わかりやすく言えば高級豚肉だ。前世の食べ物に例えるなら、鹿児島《かごしま》の黒《くろ》豚《ぶた》か？

そういえば、転生する前はゲーム配信で割と稼いでいたし、一人暮らしであることもあって、高級飯を取り寄せては、週一ペースで食べていた。

こちらの世界に来てからもう二百年が経過し、すっかり前世のことなんか忘れてしまうかと思いきや、度々こうして昔の暮らしぶりを思い出す。なんていったって、ここではレベル上げをすること以外本当にやることがないからね……

レベルを１０００まで上げると決めてしまったので、なんと、俺はまだ最初の森から出ていなかった。人に会ったこともない。

しかし不思議と辛さは感じていない。前世で『作業厨』と呼ばれた、俺の性格的なものもあるかもしれないが、森での生活も結構楽しいんだ。

例えばオークの肉はめちゃくちゃ美味《うま》いし……これは本当に凄いことだ。

少し走れば、高級豚肉が群れで歩いているんだぞ！　ここは天国か？　と思ってしまう程だ。

さて、腹ごしらえも済んだし、今度は俺のステータスを見てみよう。

【レイン】

・年齢：２１８歳　・性別：男
・天職：錬金術師　・種族：半神　・レベル：８０１１
・状態：健康

（身体能力）
・体力：６５３２００／６５３２００　・魔力：７０８１００／７０８１００
・攻撃：６３１４００　・防護：６４９１００　・俊敏：６９７６００

（魔法）
・火属性：レベル９　・水属性：レベル８
・風属性：レベル８　・土属性：レベル８
・光属性：レベル10　・闇属性：レベル９
・氷属性：レベル９　・雷属性：レベル10
・無属性：レベル９　・時空属性：レベル10

（パッシブスキル）

・精神強化：レベル6　・魔力回復速度上昇《まりょくかいふくそくどじょうしょう》：レベル7

（アクティブスキル）

・錬成：レベル4　・岩石細工：レベル3　・金属細工：レベル3
・体術：レベル9　・鑑定：レベル10　・テイム：レベル10
・念話：レベル10　・思考加速：レベル9　・気配察知：レベル7
・気配隠蔽《けはいいんぺい》：レベル7

（称号）

・レベル上げの神　・最上級魔法師　・作業厨《さぎょうちゅう》

「うん。ちゃんと上がってるな」

レベルはだんだん上がりにくくなってくるが、ダンジョンという、魔物が無限に湧き出てくる場所で、サーチ&デストロイを繰り返したことで、遂に８０００を超えた。

あと２０００で目標の１００００になる。この調子なら、恐らくあと百年程でいけるのではないだろうか？

スキル、魔法のレベルも大分高くなってきた。

最初は数回スキル、魔法を使っただけですぐにレベルが上がったのに、今では数十年使って、ようやくレベルが1上がる。

レベル上げは後半になるにつれて辛くなると言うが、流石にこれは落差がヤバすぎる。ゲームだったらクソゲー認定一直線だ。

「はぁ～……シュガーとソルトも食べ終わったみたいだね。じゃあ、家に帰って寝るか」

「はーい！」

「そうしましょう」

二匹は元気よく頷いた。

「じゃ、帰るぞー」

俺はものを全て《無限収納《インベントリ》》にしまうと、長い距離を転移できる《長距離転移《ロングワープ》》で家に帰った。

「よっと、じゃあ寝るか～」

家に帰った俺は、自分とシュガーとソルトに《浄化《じょうか》》を使い、服、靴、外套に《状態保護《プロテクト》》をかけ直した。

《状態保護《プロテクト》》は無機物《むきぶつ》にのみ使用可能で、その物質が劣化《れっか》することや汚れがつくことを防げる無属性の魔法だ。

便利な魔法なのだが、大体一か月程でその効果が切れてしまうため、こうやってかけ直さなくてはならない。

そのあと、俺はベッドに寝転がった。そして、頭の近くにシュガー、横にソルトが寝転がる。これがいつもの寝方になっている。

「おやすみ」

「ご主人様。おやすみなさい」

「おやすみなさい。マスター」

そして、俺は意識を手放した。

◇　◇　◇

更に百年後――

「……絶対ここが最下層だろ」

森の中で偶然見つけたダンジョンに入ってから、百九十年が経過した。

目の前にあるのは、めちゃくちゃ大きくて、荘厳《そうごん》な扉だ。そして、ここは丁度千階層。

この先にいるであろう魔物を倒せば、このダンジョンを制覇《せいは》したことになるのではないだろうか？

「よし。入るぞ。シュガー、ソルト」

「はーい！」

「そうですね。行きましょう」

俺は扉をゆっくりと開けると、ソルトとシュガーと一緒に先へと向かった。

「広い部屋だな……で、あいつがボスってことか？」

部屋の中央にいる赤色の瞳を持つ漆黒のドラゴンに《鑑定《かんてい》》を使う。

【？？？】
・年齢：不明　・性別：男
・種族：ブラックドラゴン　・レベル：２４９１
・状態：健康

（身体能力）
・体力：１９２３００／１９２３００　・魔力：２０９１００／２０９１００
・攻撃：１９５８００　・防護：１９８１００　・俊敏：１８１２００

（魔法）
・火属性：レベル９　・闇属性：レベル９

「今までに倒してきた魔物の中では一番強いが、今の俺なら簡単に倒せそうだな」

何せ、今の俺はレベル９９９９だ。それに、シュガーとソルトもいる。負けるわけがない。

「ま、油断せずに倒すか」

そう呟くと、《中距離転移《ワープ》》でブラックドラゴンの目の前に転移する。

「終わりだ」

攻撃のイメージをすると、俺の目の前に大きめの魔法陣が現れた。そして、そこから炎が圧縮された光線、《熱収束砲《フレアカノン》》が放たれる。

「ガアアァ!!」

ブラックドラゴンは、俺が突然目の前に現れたことで反応が一瞬遅れた。だが、俺が撃った《熱収束砲《フレアカノン》》を、《炎之息吹《フレアブレス》》で迎え撃った。同格の火属性魔法だ。

だが、広範囲を焼き払う《炎之息吹《フレアブレス》》では、一点集中型の《熱収束砲《フレアカノン》》に勝つことはできない。

戦う時には、属性だけでなく、攻撃の相性の良《よ》し悪《あ》しも結構重要になってくるのだ。

「ガアアアアア!!」

《熱収束砲《フレアカノン》》は《炎之息吹《フレアブレス》》の壁を撃ち破ると、ブラックドラゴンに命中した。

ブラックドラゴンは死ななかったものの、鱗はドロドロに溶けて、重傷を負っている。

一方俺は、魔法に対してより有効な無属性の魔法《魔法攻撃耐性結界《まほうこうげきたいせいけっかい》》で、《炎之息吹《フレアブレス》》の広範囲攻撃を防いだお陰で、無傷だ。

「これでも死なないのか。まあ、次の攻撃で本当に終わりだ。《極滅《きょくめつ》の光《ひかり》》!」

続けざまに魔法のイメージを浮かべる。ブラックドラゴンの頭上に巨大な白色の魔法陣が出現した。そして、そこから巨大な光線が放たれる。

それはブラックドラゴンを呑《の》み込《こ》み、跡形《あとかた》もなく消し去ってしまう。

「ふぅ……流石になかなか手強かったな。最初の攻撃でいけるかと思ったんだけど……攻撃を耐えられたのは二百年ぶりかかな？　ま、そんなことよりも、レベルを確認しないとな」
俺は一度深呼吸をしてから、ステータスと念じた。

【レイン】
・年齢：318歳　　　・性別：男
・天職：錬金術師　　・種族：半神　　・レベル：10000
・状態：健康

（身体能力）
・体力：7902000／7912000　　・魔力：8530000／8538000
・攻撃：7651000　　・防護：7859000　　・俊敏：8231000

（魔法）
・火属性：レベル10　　・水属性：レベル10
・風属性：レベル10　　・土属性：レベル10
・光属性：レベル10　　・闇属性：レベル10
・氷属性：レベル10　　・雷属性：レベル10
・無属性：レベル10　　・時空属性：レベル10

（パッシブスキル）
・精神強化：レベル6　・魔力回復速度上昇：レベル10
・物理《ぶつり》攻撃《こうげき》耐性：レベル5　・魔法《まほう》攻撃《こうげき》耐性：レベル5
・状態《じょうたい》異常《いじょう》耐性：レベル7

（アクティブスキル）
・錬成：レベル4　・岩石細工：レベル3　・金属細工：レベル3
・体術：レベル10　・鑑定：レベル10　・テイム：レベル10
・念話：レベル10　・思考加速：レベル10　・気配察知：レベル10
・気配隠蔽：レベル10　・並列《へいれつ》思考《しこう》：レベル10

（称号）
・レベル上げの神　・神級《しんきゅう》魔法師《まほうし》　・作業厨　・世界最強《せかいさいきょう》

「やったー!!　レベル10000だ～!!」

俺はガッツポーズをしながら叫んだ。

この世界に来て、最初に立てた目標が、三百年の時を経て、遂に達成されたのだ。

「おめでとう！　ご主人様！」

「おめでとうございます。マスター」

ソルトとシュガーは俺のもとに駆け寄ってくると、そう言ってくれた。

「うん。ありがとう。じゃあ、そこにある宝箱を開けたら家に帰ろうか」

「わーい」

「わかりました」

ブラックドラゴンがいた場所には宝箱が現れていた。あんなに強い魔物を倒したんだから、きっと凄いお宝に違いない。宝箱の前に行き、ドキドキしながら開ける。

「ん～と……なんだ剣か……」

宝箱の中にあったのは、一本の漆黒の剣だ。

期待外れだったため、やや気落ちしながら、俺はその剣に《鑑定《かんてい》》を使ってみた。


【？？？】

刀身はオリハルコンとアダマンタイトの合金、持ち手はエルダートレント材で作られた剣。


「あ、オリハルコンじゃん」

オリハルコンはこの世界で最高品質の金属だ。硬度と魔力伝導性が高く、それでいて軽い。

一言で表せば、『めっちゃ凄い金属』だ。

それに、重いが硬度は最強のアダマンタイトも含まれているとなると、この剣の強度は相当なものになる。

「……てか、名前ないんだ」

この剣には名前がついていなかった。それなら、俺がつけてもいいだろう。

「う～ん……龍魔《りゅうま》の剣《つるぎ》とか？　いや、神剣《しんけん》なんかもかっこいいよな」

頭の中に、次々といい感じの名前が浮かぶ。あれこれ考えていると、突然剣が震え出した。

「え⁉　な、何⁉」

思わずその剣を放り投げた。剣が、カランカランと音を立てて、地面に落ちる。

すると、突然剣から老爺《ろうや》の叫び声が聞こえた。

「わしを投げ捨てるなー！」

俺は目を見開き、驚愕し、そして固まった。シュガーとソルトも目を見開いている。

「む？　何固まっとる。さっさとわしの名前を決めるのじゃ」

剣はぷか～っと浮かぶと、おやじのような口調でそう言った。

「い、いや。その前にお前何者なんだよ。なんで剣が飛んだり喋《しゃべ》ったりするんだよ……」

困惑しつつも、そう問いかける。

「そうじゃな。まずはそこからじゃな。わしはこのダンジョンの管理者。ダンジョンマスターじゃ。しかし、ここは全然人が来なくての。生まれてからもう三千年以上になるのじゃが、来たのはお主

らだけじゃ。それで、もうここを管理するのが嫌になり、剣になって、お主たちについていこうと思ったのじゃ」

「なるほどな……」

三千年誰も来ないってのは、結構しんどそうだな。客が全く来ない店を何十年も経営するようなものだろう。

それを聞いたら、このダンジョンマスターとやらの、ついていきたいという思いに応えてあげたくなる。

「よし。俺も目標を達成したし、このダンジョンからは出るつもりだったんだ。お前を外に連れ出してやる。じゃあ、改めて名前を決めないとな……」

喋るやつに、さっき考えたような、剣がつく名前をつけるのは気が引ける。ここは、普通に人の名前として通じるものにしたほうがいいだろう。

「そうだな……ダークなんてどうだ？」

俺はなんとなく&かっこいいからという理由で、剣になったダンジョンマスターをダークと名づけた。

「ほう……うむ。いい名じゃな。気に入った。今日からわしのことはダークと呼ぶがよい」

剣になったダンジョンマスター改め、ダークは名前を気に入ったようだ。

「てかさ、なんで剣になったの？　人間の姿のほうが色々と動きやすいと思うんだけど」

俺にはついていく際の姿に、剣をチョイスした理由がよくわからない。

「それは、剣術が好きだからじゃ！　人が来ない暇な時間はゴーレムに憑依《ひょうい》して、剣術の修業をやっていたのじゃが、そしたらどんどん上達して、好きになってのう。お主たちについていく姿を決める時に、反射的にこの姿を選んでいたのじゃ」

ダークは熱心にそう言った。

「剣術が好きすぎて自分が剣になるとか、とんでもないやつだなお前……」

俺は驚愕したあと、深く息を吐いた。

「あ、一つ言い忘れておった。このダンジョンはわしとの接続が切れたから、そろそろ崩壊すると思うぞ」

ダークがそう言った瞬間、部屋が揺れた。大地震が起きているかのような強い揺れだ。

そして、天井が崩れ落ちてくる。これはまずい……！

「ご主人様早く～！」

「マスター！　転移を！」

「ダーク！　もっと早く言えよ！《長距離転移《ロングワープ》》！」

俺はダークを叱りながら、《長距離転移《ロングワープ》》でみんなと一緒に家に転移した。

危ない。間一髪《かんいっぱつ》だった……

「すまぬな。あのダンジョンを踏破《とうは》できる程の強者《つわもの》なら、大丈夫じゃと思ってな」

ダークは謝ったが、悪びれる素振りは全く見せなかった。うん。こいつ絶対に反省していないな。

今後のためにも、少しお灸《きゅう》をすえておくか。

「ダーク」

俺はニコッと笑うと、右手から小さな火柱を出した。無言の圧力ってやつだ。

「ぬおっ！　す、すまぬぅ！」

ダークは剣先を地面に当てると、持ち手の部分を前後にぶんぶんと振って謝った。

剣ってこうやって頭を下げるのか……ってか、そこ頭なの……？

この絵面《えづら》、すっごいシュールだな。

「まあ、今回は許すけど、こういうことは二度とやるなよ。俺たちに危機が迫っていたら、気づいた時点で教えること！　命に関わるからな。次やったら……わかってるな？」

俺は威圧感を出しながら、またニコッと笑った。簡単に許してしまっては記憶に残らない。喉元過ぎれば熱さを忘れるって言うしな。

「はい。わかったのじゃ！」

ダークはぷか～っと宙に浮くと、ポンッと音を立てて現れた剣の鞘の中に入った。

「ほう、鞘に入っている時は何か落ち着くのう……」

地面に横たわりくつろいでいる。さっきまでの怯えが嘘のようだ。この切り替えの早さは、年の功ってやつなのかな？

「やれやれ。とりあえず、レベル１００００は達成した。次は何をやろうかなぁ……」

俺は顎に手を当てながら、う～ん……と、悩んだ。すると、ダークが飛び起きる。

「それなら剣術を習得するのはどうじゃ？　わしが指導すれば、お主を超一流の剣士にすることも可能じゃ！　ほら、折角手に入れた剣じゃ。これを使いこなせなくてどうする？　剣神《けんしん》くらい目指してみてもよいかもしれんのう。世界に数人、剣術を極めた者のみが持っている称号じゃ」

「そうだな……」

ここ最近は、レベル差の暴力で魔物を蹂躙《じゅうりん》していたにすぎない。ただただ魔法を撃っていただけだ。

それで世界最強を名乗っていいわけがない。世界最強になるのなら、技量も一流にならないといけない。

「よし。次は剣術を習得することにする！」

俺はシュガー、ソルト、ダークにそう宣言した。

「ご主人様！　頑張って！」

「私はマスターを応援します」

ソルトとシュガーは、俺のことを応援すると言ってくれた。

「ありがとう」

二匹の頭を交互になでなでする。

うん。その気持ちよさそうに目を細めるところが可愛くて最高だ……

そんな感じで和んでいると、ダークがグイッと割り込んできた。

「うむ。よく言った。早速わしが教えてやる。とりあえず、手持ちの剣を出すのじゃ。なかったら、そこら辺に落ちている木の棒でもよい。あ、スキルと魔法を使うのは禁止じゃからな」

ダークは、早く戦いたくて、うずうずしているようだ。よほど剣術が好きなのだろう。まあ、剣術が好きじゃなかったら、剣になることもなかっただろうしな。

「わ、わかった」

俺は《無限収納《インベントリ》》から魔鋼製《まこうせい》の剣を取り出すと、構えた。

こうして、地獄の剣術修業が始まったのだった。

◇◇◇

「さあ、まずはお主の今の腕前を見たい。かかってくるがよい！」

ダークは鞘から出ると、剣先を俺のほうに向けた。

「あ、ああ。わかった。行くぞ！」

俺は地面を蹴り、一瞬で間合いを詰め、ダークに向かって剣を振った。

だが、そこにダークはいなかった。すれすれのところで避けられていたのだ。

馬鹿《ばか》な。本気の七割の力で振ったとはいえ、レベル１０００の俺の動きを見切るだなんて……

「なんじゃその動きは！　ただ剣を振り回すことが剣術ではないぞ！」

ダークから叱責《しっせき》される。まるで雷おやじだな……

「は、はい！」

ダークの気迫に押されながら、なんとか返事をする。

「まだ剣術はめちゃくちゃじゃが、流石に早いの。ある程度上達したらわしの手に負えなくなるじゃろう。じゃから、お主は本気で動くな。全力の一割弱の速度で動け。最初の内は慣れぬじゃろうが、仕方ない」

俺はダークの命令で、全力の一割の速度でしか動けなくなった。まあ、一割くらいならなんとかなるだろ。一パーセントとかだとキツいけど……

「とりあえず、基礎を教えてやる。わしの動きをよく観察して、自分のものにするのじゃ！　というわけで、ここからはわしの攻撃を受け流してみるのじゃ！」

ダークはそう言うと、また斬りかかってきた。ダークは剣そのものだから、相手にしているとまるで透明人間と戦っているような気分になる。

「はっ！　はっ！　はっ！　はっ！」

必死にダークの攻撃を受け流す。早く動けば簡単に受け流せるが、あいにく本気の一割の速度でしか動けない。

くっ、思ったよりもキツいな。誰だよ。一割ならなんとかなるって思ったやつは！

俺は心の中で悪態《あくたい》を吐きながらも、剣を振り続けた。

「無駄にステータスが高いのも考えものじゃのう。全く技術が身についておらんのに、わしの攻撃をそんな子供のチャンバラみたいな動きで受け流すのじゃから」

ダークはため息を吐きながら、俺の頭、肩、腹を容赦《ようしゃ》なく攻撃してくる。

「ほら！　ちゃんとわしの動きを見るのじゃ！　しっかりと目に焼きつけないと、剣術は身につかんぞ！」

「は、はいー！　わかりましたー！」

ダークの叱責に、俺は元気よく（？）返事をすると、動きを見ることに意識を集中させた。

見れば見る程凄いな。流れるように次の動作をしている……

俺がどのような動きをするのかを読み、それに合わせて、必要最小限の動きで対処している。

長年剣を振らないとできない芸当だということが、剣術初心者の俺でもわかる。

「まあ、やると決めたからには、何百年かかろうが、やってやるよ！」

俺はそう叫ぶと、剣を振った。

◇　◇　◇

「ふむ。一か月かけて、ようやく剣術の基礎が身についたな」

「まあ、一日十五時間やったからな。これで基礎が身につかないんだったら、流石に泣くよ」

ダークの言葉に、俺は深く息を吐きながら言った。

それにしても、一日十五時間の剣術修業を一か月もやって、ようやく基礎が身につくのか。先が不安になってきた。

ちなみに、この間は一日も休みがなかったし、睡眠と食事の時間以外はずっと剣を振るっていた。

そして、この悪い予感はのちに的中することになる。

「うむ。基礎が身についたら、あとはわしとの模擬戦をやり続けるだけじゃ。これからは助言は一切しない。わしが満足するまでやり続けるぞ」

「はい。わかりましたー！」

俺は元気よく返事をすると、ダークに斬りかかった。

「はあっ！」

まず、初撃でダークの側面を叩こうと試みる。

「甘いの」

多分フッと笑ったであろうダークは、俺の剣を難なく受け流した。

剣だから表情はわからないものの、声色《こわいろ》でなんとなく感情が読み取れるようになってきた。

「じゃあこれなら……どうだ！」

再び剣を構え、横なぎに振る。

ガキン！

ダークと俺の剣がぶつかった。この一か月で、力ずくで剣を弾《はじ》いてはいけない決まりが新たに追加されたため、ステータスに頼って吹っ飛ばすことはできない。

「はっ！　はっ！　はっ！」

体勢を立て直すため一旦後ろに引き、また素早く剣を振った。

だが、その攻撃にもちゃんと反応され、受け止められる。

「やれやれ。最後の助言じゃ。お主の視線を見れば、どこを狙うかぐらいすぐにわかる。相手に次の手は読まれないように戦ったほうがよいぞ！」

「は、はい。ししょー！」

俺は必死に剣を振った。とにかく振り続けた。途中から、反射的に剣を振るようになったような気がする。

『スキル、《直感《ちょっかん》》を取得しました。スキル、《回避《かいひ》》を取得しました』

こうして、レベル１００００を達成したばかりの俺は、またしても果てしない修業の日々を送ることになるのだった。

◇　◇　◇

「ししょぉ……どんなもんですか……」

やつれた顔でダークに問う。剣術修業を始めてから、かなりの時が経った。

「ふむ。仕方ない。認めてやろう。まだまだ未熟じゃが、一応、一流の剣士と名乗れるんじゃないか？」

「い、一応なんですか……」

ようやく一流の剣士を名乗れるようになったらしい。一応とついてはいるが……

それにしても、あれから何年経過したのだろうか？

休むことなく修業を続けていたから、ステータスを見る暇もなかった。

ふと時間の経過が気になった俺は、年齢を確認してみることにした。

そして、驚愕した。目を見開いた。思わず、仰向けに倒れてしまう。

「あれ……ど、どうして俺の年齢が八百六十八歳になっているのかな……？」

何故だ？　どういうことだ？　なんで五百五十年も経過しているんだ？　俺、そんなに修業をやっていたのか？

混乱していると、ソルトとシュガーが声をかけてくる。

二匹は俺が剣術修業をやっている間は、ずっと自由気ままに過ごしていた気がする。

五百五十年も放任してごめん……こんなに時間が経っていると思わなかったから……

「うん。そんぐらい経ってたよ！」

「ええ。マスターは途中から何も考えなくなりましたからね」

「マジかよ……」

ソルトとシュガーの言葉を聞いて、頭を抱える。

俺、いつの間に修業の鬼になっていたんだ……

いくら『作業厨』の気質《きしつ》があるとはいえ、これはよくない。ほんっとによくない。

もっと周りを見ろよ俺……

「まあ、いいではないか。お陰で結構強くなったぞ」

ダークは剣の持ち手の部分で、俺の肩をバシバシと叩き、笑った。

うん。確かにそうだな。

長い時が経ったけど、強くなれたんだ。レベルも恐らく世界一、剣の腕前も今となっては世界トップクラスになれているはずだ。そう考えれば、これだけ特訓したことに後悔はない。

「まあ……そうだね」

頭を掻きながら笑う。

ふと思ったが、笑ったのは数百年ぶりかもしれない。

「あ、でもまだお主は未熟じゃから、訓練は続けるぞ。一日十五時間から五時間に減るだけで」

「……え?」

どうやらまだまだ剣術修業は続きそうだ……

第四章　そうだ、モノづくりをしよう！

「そろそろモノづくりがしたい！」

剣術修業が減らされ、時間に余裕ができるようになってから、しばらく経ったある日。

俺はみんなの前でそう宣言した。

レベル上げに修業にと、すっかり忘れかけていたが、俺の天職は錬金術師だ。

これまでは他のことで忙しくて、錬金術師の固有スキルをほとんど使っていなかった。

この世界に来てから八百五十年も経つのに、《錬成《れんせい》》のスキルレベルは4、《岩石細工《がんせきざいく》》と《金属細工《きんぞくざいく》》のスキルレベルは3だ。これを見れば、いかに俺がモノづくりをしていないのかがわかるだろう。

俺が前世で『作業厨』と呼ばれていたのは、何もレベル上げばかりしていたからではない。

最強の装備に、武器。そのための素材集めだって、『作業厨』の大事な本分だ。

実は、この世界に来てど～しても作りたいものがあった。

「絶対に、銃《じゅう》とか爆弾とか、あと飛行船とかも作りて－！」

魔法と科学のかけあわせは最強だろ！　それに、銃なんて平和な日本では触れることすらできなかったから、使ってみたいんだ！

男子なら誰もがそう思うだろ？

「ふむ……よくわからんが、とりあえず何かを作りたいという思いは伝わってきた」

腰に下げているダークが、引き気味にそう言う。

いや、お前も剣術を語る時はこんな感じだぞ？　自覚ないのか？

「よくわからないけど、頑張って。ご主人様！」

「ええ。よくわからないですが、私たちはマスターを応援しています」

みんな……よくわからないなんて言うなよ。なんか心にくる。《精神強化《せいしんきょうか》》があるはずなのに……

『《精神強化《せいしんきょうか》》のレベルが7になりました』

いや……うん。レベルが上がったのに嬉しくない。何故だろうか……

このあと落ち込んでいたら、シュガーとソルトが俺を三十分も慰《なぐさ》めてくれた。

◇　◇　◇

「何か作るにも、材料がないとできない。というわけで、ダーク！　ダンジョン周辺に鉱山《こうざん》はないのか？」

ダンジョンマスターだったんだから、ダンジョン周辺のことには詳しいんじゃないかと思った俺は、とりあえずダークに聞いてみた。

「悪いがわからぬ。わしが知っておるのは、ダンジョンの中のことだけじゃ」

ダークは申し訳なさそうな声で、そう言った。

「そうか……」

俺は顎に手を当てると、《思考加速《しこうかそく》》を使って、どうするか考えた。

そして、その答えはすぐに出た。時間にして僅か〇・五秒程だ。

「飛んで探すか」

鉱山を探す魔法なんてないので、上空から目視で鉱山を見つけることにした。

「じゃ、行くぞ」

そう声をかけると、俺は《飛翔《ひしょう》》、シュガーとソルトは《空歩《くうほ》》を使って空を飛んだ。

「うわぁ～大自然だ～」

思わず声を上げる。上空から見えたのは広大な森だ。終わりが見えない、地球で例えるとアマゾンのような景色だ。

何気に、上空からこの森を見たのは初めてだった。

何故なら、《飛翔《ひしょう》》が使えるようになった時には、既に《長距離転移《ロングワープ》》も習得していて、そちらを使っていたからだ。

別に空を飛ぶことが難しいというわけではない。ただ単に、風属性魔法を疎《おろそ》かにしていただけだ。

まあ、時空属性と風属性だと、どうしても前者のほうが便利だから仕方ないよね。

さて、そんな話はさておき、ここから鉱山は見えるのだろうか……

「……そもそも山がないな」

あるのは木々と川と草原のみ。

森の中でレベル上げをしていた時に山を見たような記憶はあるが、あの時はレベル上げに熱中しすぎて、風景なんてほとんど見ていなかった。なので、詳しい場所までは覚えていない。

「よし。まずはダンジョンがあった方角を探してみるか」

ダンジョンがあった、比較的強い魔物が出る場所を探してみることにする。

「はーい！」

「わかりました。マスター」

ソルトとシュガーは元気よく頷いた。

俺はシュガーとソルトに合わせてゆっくり……といっても時速九十キロだが、ダンジョンがあったほうへ向かった。


「……山だな」

ダンジョンがあった場所から更に奥に進んだところに、山脈が見えてきた。

「だがあれって鉱山なのか？　それともただの山なのか？」

よくよく考えてみれば、鉱山かどうかの判別法なんて俺にはわからない。

「う～ん……山を破壊してみるか……それで、なかったら《時間遡行《リターン》》でもとに戻す。うん。完《かん》璧《ぺき》だ」

《時間遡行《リターン》》は時空属性の魔法で、指定した範囲内にあるものを過去の状態に戻す魔法だ。

山一つを元通りにするとなると、今の俺でもかなりの魔力を消費してしまうが……

「やれやれ。力ずくじゃのう。もう少し頭を使わんか！」

魔力にものを言わせたこの方法に、ダークは呆れていた。

「そう言うダークには、何か考えがあるのか？」

そんな偉《えら》そうなことを言うのなら、きっと素晴らしい考えがあるんだろうな？

「あ、やっぱりお主の考えが一番いいぞ！　うむ。そっちのほうが効率がいいしの」

ダークが焦《あせ》ったような口調でそう言う。

おい！　お前何も考えてなかっただろ？

でも、それを口に出すことはしない。

だって口に出したら面倒くさいことになりそうだから……

「はぁ……まあいいや。さっさとやるか」

俺は一つの山の頂上に下り立つと、手をかざした。

「《地面破壊《アースブレイク》》！」

すると、地面が割れた。そして、発泡《はっぽう》スチロールの塊《かたまり》が粉々になるかのように、山が砕け散った。

俺のもとへ飛んでくる土砂は、《結界《けっかい》》によって防がれている。

「ご、ご主人様すごぉい……」

「流石はマスターです」

「うむ。世界最強の称号は伊達《だて》ではないのう」

この光景を見たソルトは唖然《あぜん》とし、シュガーは冷静に褒《ほ》め、ダークは感心していた。

「……ないな」

山の残骸《ざんがい》をくまなく探したが、鉱石らしきものは見当たらなかった。

俺は上空に飛び、魔法を使う。

「《時間遡行《リターン》》！」

すると空中に、超巨大な白色の魔法陣が現れた。

破壊された山が、動画の逆再生のようにもとに戻る。

「これでよし。じゃあ、他の山も確認するか」

俺は満足して頷くと、確認（破壊）を始めた。

「……鉄鉱石か。それでこれは……お、アダマンタイトじゃん」

三つ目の山を確認（破壊）すると、見慣れない石が転がっていた。

《鑑定《かんてい》》を使ってみたら、それはお目当ての鉱石だった。しかも、何にでも使える鉄と、重くてめっちゃ硬いのが特徴のアダマンタイト鉱石だ。

「よし。当たりを引いたな。じゃ、もとに戻すか」

正直、鉱石を全て探してから戻したほうが楽だし早く終わる。《時間遡行《リターン》》を使うと、外に出てきた鉱石がもとの場所に戻ってしまうのだ。

しかし、こんな大規模な破壊跡をそのままにしておくのは良心が痛む。環境破壊なんて好きではないからな。

上空に飛び、《時間遡行《リターン》》を使って山を元通りにする。

「よし。早速採掘《さいくつ》するか！　出てくる魔物は任せたよ」

「わかった！　ご主人様！」

「わかりました。マスター」

魔物の討伐をソルトとシュガーに任せ、俺は採掘に専念することにした。

「やるぞ！　はあっ！」

山の中腹《ちゅうふく》辺りに下り立った俺は《地面破壊《アースブレイク》》と、岩や土を圧縮する土属性魔法の《地面圧縮《アースプレス》》を同時に使うことで、安全な坑道《こうどう》を作った。

後ろからは、魔物をシュガーとソルトが倒す音が聞こえてくる。

「シュガーとソルトのお陰で安心して採掘ができそうだ」

二匹のことを頼もしく思いながら、俺は早速、坑道内で採掘を始めた。

まず初めに見つけたのは鉄鉱石だ。

「よし。《錬成《れんせい》》！」

俺は埋まっている鉄鉱石に手を当てると、《錬成《れんせい》》を使って鉄を分離させた。

鉄のみを分離させることは、俺のステータスをもってしても不可能なので、鉄以外にも多少の成分は含まれているが、それは仕方がない。

「《錬成《れんせい》》って便利だな」

俺は数百年ぶりに使った《錬成《れんせい》》に改めて感心すると、今採掘した鉄を《無限収納《インベントリ》》の中に入れた。

「よし。ここにある鉱石を採りつくすまでは、家に帰れない縛りプレイでもやるか」

そう決めて気合を入れ、鉱石を《錬成《れんせい》》でまた採掘し始めたのだが――すぐに手を止めて、《気《け》配察知《はいさっち》》を使う。

「……地面を速いスピードで掘っている魔物がいるな。大きさは……二メートルぐらいか？」

そう口に出した直後、地面が揺れ始めた。

「よっと」

魔物の気配を察知し、後ろに飛び退く。

その直後、先程まで立っていた場所の地面に穴が開き、魔物が出てきた。

出てきたのは体長二メートル程の巨大なモグラだ。そのモグラに《鑑定《かんてい》》を使ってみる。


【？？？】
・年齢：35歳　・性別：男
・種族：アイアンモール　・レベル：60
・状態：健康

（身体能力）
・体力：4800／5100　・魔力：4800／4800
・攻撃：5200　・防護：5400　・俊敏：5500

（アクティブスキル）
・採掘：レベル6

「アイアンモール。鉄のモグラってところか」

よく見ると、こいつの爪は鉄でできている。あれで串刺《くしざ》しにされたら痛そうだ……と一瞬思ったが、多分このステータスでは俺には刺さらないだろう。

「キュオー！」

アイアンモールは威嚇し、爪を振り下ろしてきた。

キン！

俺は即座にダークを鞘から抜いて、攻撃を防ぐ。

「はあっ！」

そのまま素早く剣を振り、アイアンモールの片腕を斬り落とした。

「ギュアアア!!」

アイアンモールが片腕を斬り落とされた痛みで顔を歪め、鳴き声を上げる。

「終わりだ。《石化煙《スモッグ》》！」

そう言いながら、アイアンモールの爪に触れる。すると、アイアンモールの上に黄色の魔法陣が現れた。そこから煙が落ち、アイアンモールを包み込む。

煙が消えた頃にそこにあったのは、石になったアイアンモールだった。

「邪魔者は土に還るんだな。《地面破壊《アースブレイク》》！」

俺は石像となったアイアンモールを粉々に砕き、砂にしたあと、髪をかき上げ、フッと笑った。

「かっこつけ方が子供じゃのう」

鞘にしまったダークが笑っている。

「俺、子供じゃないからな。もう八百歳超えてるんだぞ」

長い時を生きている俺のことを子供と笑うなんて……だが、否定はできない。

この歳になってもなお、厨二病《ちゅうにびょう》のようなセリフを吐いたんだ。うう……否定できない……

「と、とりあえずアイアンモールが掘ってくれた穴を坑道にして、続きを探すか」

即座に頭を切り替え、アイアンモールが掘った通路の中に入っていく。


『《錬成《れんせい》》のレベルが5になりました』

『《錬成《れんせい》》のレベルが6になりました』

『《錬成《れんせい》》のレベルが7になりました』

◇　◇　◇

「ん～……この森周辺の山はあらかた採掘したんじゃないかな？」

あれから鉱山を追加で四つ見つけた俺は、約二百日間鉱石採掘をした。

食事と睡眠以外の時間を全て鉱石採掘に費やしたかいもあって、大量に鉱石を手に入れることができた。

「みんな、帰るか」

これにて縛りプレイは完了したので、みんなにそう言うと、岩石を生成する土属性の魔法、《岩石生成《クリエイトストーン》》で坑道を埋めた。

ちなみに、この魔法で作られた岩石に《錬成《れんせい》》を使うことはできない。魔力でできている岩石は、かなり不安定な物質だからだ。

「はーい。わかったー！」

「わかりました。マスター」

「うむ。思ったより早かったのう」

みんな元気よく俺の言葉に頷いた。

この時、既に全員の時間感覚がバグっていた。

これまで百年単位でレベル上げや修業を行ってきたせいで、二百日間が一瞬と思えるようになっていたのだ。

だが、これが異常だと気づく者は誰もいなかった……


「よし。早速モノづくり開始だ。だが、その前に作業台を作らないとな」

家に帰ってきた俺は、日の光が照らす外で、作業をすることにした。

《無限収納《インベントリ》》の中から、適当に拾ってきた岩を取り出すと、《錬成《れんせい》》で台の形にする。

「よし。それじゃ、まずは鋼鉄を作ってみようかな」

鋼鉄よりもいい金属はいくつもある。だが、鋼鉄は鉄からお手軽に作ることができるし、いい金属の材料は数が少ない。そのため、試作には都合がいいのだ。

「鋼鉄を作るために炭素《たんそ》を集めないとな」

鉄はすぐに錆びて、壊れてしまう。だが、鉄に炭素を混ぜた鋼鉄は、硬く折れにくい。

炭素を混ぜるだけでよりよく変わるのなら、絶対にそっちにしたほうがいい。それが、手間をかけて鉄を鋼鉄にする理由だ。

鋼鉄を作る上で欠かせない炭素は、木材を蒸《む》し焼《や》きにすることで手に入ると聞いたことがある。

早速森に行き、目にもとまらぬ速さでダークを振る。その直後、時間差で十本の木が倒れた。

「よし。あとはこれを蒸し焼きにするだけだ」

家に戻り、木についている葉を全て切り落とすと、薪《まき》のサイズに切った。そのあと、木材の山を二十等分に分けると、それぞれ《結界《けっかい》》で覆った。

「やるか。《炎之息吹《フレアブレス》》！」

俺の目の前に現れた赤い魔法陣から、圧倒的な熱量を持つ炎が、龍の息吹のように放たれ、《結《けっ》界《かい》》を包み込む。

「……これってどのくらいやればいいのかな？」

蒸し焼きにする時間までは流石にわからない。というか、そもそもこの火加減でいいのかすらもわからない。

「まあ、やりすぎたら《時間遡行《リターン》》で調整すればいいか」

そう思いながら、俺は炎を出し続けた。


「ん～……いいんじゃね？」

完成した木炭《もくたん》を手に取る。完璧がどの程度なのかはわからないが、ちゃんと木炭になっていることは《鑑定《かんてい》》で確認してある。

「あとは、鉄と炭素を《錬成《れんせい》》で合成すればいいかな」

手に持っている木炭を、作業台の上に置く。そのあと、木炭の隣に《無限収納《インベントリ》》から取り出した鉄十キログラムを置いた。

「じゃ、早速合成……の前に、木炭から炭素を出さないと」

木炭には、炭素以外の成分も含まれている。

俺は、《錬成《れんせい》》を使って、木炭から炭素を分離した。

「よし。じゃあ合成しよう。炭素は、ほんのちょっとだけ含めればよかった気がする……」

数百年も前の前世の記憶なのでうろ覚えだが、炭素の量は少ないというのはなんとなく記憶に残っている。

これも、ミスったら《時間遡行《リターン》》でやり直せばいい。

「《鑑定《かんてい》》、《錬成《れんせい》》！」

俺は《鑑定《かんてい》》をしながら、少しずつ鉄と炭素を合成した。

そして、鉄が鋼鉄になったところで、魔法を解除する。

「うん。これぞ錬金術師って感じがするな」

出来上がった鋼鉄を満足して眺める。

「鋼鉄もできたことだし、まずは拳銃《けんじゅう》を作ろうかな」

詳しい作り方はわからないが、発砲《はっぽう》する原理ならわかる。それを、魔法を使って再現すればいいのだ。

「《錬成《れんせい》》！」

遊びで分解したことのあるおもちゃの銃を参考に、《錬成《れんせい》》と《金属細工《きんぞくざいく》》で銃のパーツを作った。

『《金属細工《きんぞくざいく》》のレベルが4になりました』

「え～と……火薬は爆発系の魔法で代用すればいいな。魔石に魔法陣を刻むか」

《無限収納《インベントリ》》の中から小石サイズの魔石を取り出すと、《刻印《こくいん》》で《小爆破《スモール・ブラスト》》の魔法陣を刻んだ。

無属性魔法、《刻印《こくいん》》は魔石に魔法陣を刻む魔法だ。ただし、その魔法陣によって発動する魔法は自分で発動するよりも少し劣化してしまう。

そして、火属性魔法、《小爆破《スモール・ブラスト》》は手榴弾《しゅりゅうだん》以下の小さめの爆発を起こす魔法だ。

続いて、魔法陣が刻まれた魔石と拳銃のパーツを《錬成《れんせい》》で接合《せつごう》する。

「これで弾を飛ばす仕組みはできた。あとは銃弾《じゅうだん》だな」

鋼鉄に触れ、《錬成《れんせい》》と《金属細工《きんぞくざいく》》で大量の銃弾を作る。この時、銃口の大きさに合わせて作るのが、地味に難しかった。

そのあと、拳銃のパーツを組み立てた。これで完成だ。

「よし。早速試してみよう！」

八つの穴に一つずつ銃弾を入れると、川のほうに銃口を向ける。

この銃は、引き金を引くと同時に魔力が込められ、魔法陣が起動する。そして、銃弾が発射される仕組みだ。

「発射！」

魔力を込めながら引き金を引いた。

パァン！

大きな破裂音と共に、銃口から銃弾が発射される。

銃弾は、川の反対側にある岩に当たり、そのまめり込んだ。

「よし。改善したいところはたくさんあるけど、成功ってことでいいんじゃないかな？」

一番改善したいのは、音だ。流石にこれはうるさすぎる。

あとで《無音《サイレント》》の魔法陣も刻んでおくべきだろう。他にも、威力の低さや、拳銃自体の強度など、改善すべきところはたくさんある。

「どんどん改造したいな」

楽しみに胸を膨《ふく》らませて、拳銃を見つめる。

「拳銃の改造も早くしたいところだけど、その前に家をどうにかしないとな……」

俺の家は昔からずっと変わっていない。原始人のような生活環境だ。

今まではレベル上げや修業ばかりしていたからそれでも問題なかったが、今後は家で過ごすことも増えるだろう。流石にこんな家では不便すぎる。

「どんな家を作るか……ロマンを追い求めるなら城。利便性を求めるなら一軒家《いっけんや》だな」

森の奥深くに聳《そび》え立《た》つ西洋風の城なんかはロマンがある。だが、城を作ったところで、部屋の八割は使わないだろうし、掃除や手入れも大変だ。

それを考えるなら、のんびり過ごせて、手入れや掃除もしやすい一軒家のほうがいいだろう。

「ん〜と……建てる場所はさっき木を切り倒して作ったスペースがよさそうだな」

埋まっている切り株《かぶ》を掘り起こし、山積みになっていた木炭と一緒に《無限収納《インベントリ》》にしまうと、早速家を作り始めた。

「《地面圧縮《アースプレス》》！」

まず、家を建てる場所の地面を押し固めて、真っ平らにする。

これは家の重みで地面が沈み込み、建物が傾いてしまうのを防ぐためだ。

「家の壁は白のレンガにしようかな。それで、屋根と内装は木の板にすればいいな」

どんな感じの家にするのか決めた俺は、屋根と内装用の木を得るために、追加で木を五十本切り倒した。そのあと、木が生えていた場所の地面を整え、家を建てるスペースを更に広くする。

「《無限収納《インベントリ》》、《錬成《れんせい》》、《岩石細工《がんせきざいく》》」

《無限収納《インベントリ》》の中から大量の白い岩を取り出すと、《錬成《れんせい》》と《岩石細工《がんせきざいく》》でレンガを生成し、家の外壁を作る。いい感じの出来だ。

そのあと、鋼鉄で壁を補強したり、柱を作ったりして強度を上げた。

最後に、《吸水《きゅうすい》》で水分を取った木を切って、ドアと屋根を作れば、ひとまず外装だけ小さめの西洋風の屋敷の完成だ。

「次は内装だな」

ドアを開けて中に入ると、床の製作に取りかかる。

「地盤《じばん》がしっかりしているから、大きな石を土の上にドンと置いて、そこに木の板をのせればよさそうだな」

《無限収納《インベントリ》》の中から岩と木の板を取り出すと、まず岩に《錬成《れんせい》》と《岩石細工《がんせきざいく》》を使い、床一面に広がるように、平べったい一枚の大きな石にした。

そのあと、玄関以外の場所に木の板を敷き詰める。

最後に、室内にも柱や梁《はり》を増やすことで、より強度を上げた。

「あとは細かい内装だな。台所、リビング、寝室、トイレ、風呂、作業室があれば問題なさそうだ」

家に入って左側にあるスペースをリビングに決めた。そして、その奥に台所、風呂、トイレを作る。

風呂は《浄化《じょうか》》のお陰で作らなくても問題はないのだが、久しぶりに入ってみたいと思い、製作した。形は銭湯《せんとう》によくあるような、少し大きめの四角いものだ。

トイレは《浄化《じょうか》》の魔法陣を刻んだ洋式。

これで、ようやく森の中でこっそりやる必要がなくなって嬉しい。なんでもっと早く作らなかったんだろう……

家に入って右側のスペースには作業室、その奥には寝室を作った。

作業室は、さっき作った作業台と木の椅子しかないが、それで十分だ。

寝室は、シュガーとソルトと一緒に寝られる大きなベッドを配置。

岩を加工して作ったベッドの上に木の板を敷いただけだが、前のベッドに比べたら、こっちのほうが圧倒的にいい。

ちなみに、この家には二階がない。二階を作らなかったのは、単純にそんなに部屋数がいらないと思ったからだ。

最後に、壁に穴を開けて、砂を《錬成《れんせい》》して作ったガラスをはめ込めば……完成だ！

「あ〜頑張った……」

建築の知識なんて全くない俺にしては、いい家ができたんじゃないかと思っている。

流石はスキルと魔法。

日本の建築家もびっくりの速度で家を建てることができる。

建築基準法にはバリバリ違反してると思うけど……まあ、気にしない。気にしない。

そもそも建築基準法の中身を知らないから、守りようがないし。

知らないものを気にしても仕方がないのだ。あと、ここは地球じゃないからね。

「ご主人様！　凄い！」

「素晴らしい家ですね。マスター」

「うむ。いい出来じゃや。あとはドアの前を石畳《いしだたみ》にしてみるといいと思うぞ」

ソルトとシュガーは称賛《しょうさん》し、ダークはいいアドバイスをくれた。

「確かにそのほうがよさそうだな。サクッと作っちゃうか」

ダークの言葉に頷くと、《錬成《れんせい》》と《岩石細工《がんせきざいく》》を駆使して、ちゃちゃっとドアの前を石畳に変えた。

「ふぅ。これでよし。じゃあ入ろう！」

「はーい！」

「わかりました」

俺たちは完成した家の中に入っていった。

「わ〜すご〜い‼」

「確かにこれは凄いですね」

ソルトとシュガーは家の中を見て、目を輝かせている。

「あ、入る前に、《浄化《じょうか》》！」

玄関から室内に上がる前にシュガーとソルトに《浄化《じょうか》》を使う。この世界に来て数百年だが、前世の習慣はまだ染みついているもので、土がついた足のまま家に入れるのには抵抗がある。

「じゃ、案内するぞー」

俺は靴を脱ぐと、シュガー、ソルト、ダークに各部屋の紹介をした。

シュガーとソルトが一番喜んだのは風呂だった。温かい水に入ったことがないので、面白そうとのことだ。

ちなみにダークは、「なんで剣術道場がないんじゃー！」と騒いでいた。あんまりにもうるさいので、あとで家の外に作っておくと言って、黙《だま》らせる。

「これで紹介は終わった。俺はちょっと休んでいるから、シュガーとソルトとダークは好きにしてくれ」

俺は腰からダークを外すと、寝室のベッドで横になった。

「寝るか……」

睡眠を忘れかけるくらい、採掘とモノづくりに没頭していたせいで寝不足だった俺は、すぐに意識を手放した。

◇　◇　◇

十日後――

「……とりあえずできたけど、これなら魔法でよくね……」

目の前にある直径五百メートルのクレーターを眺めながら、そう呟く。

俺は作りたかったものの一つである爆弾を作った。

鉄のカプセルの中に、都市破壊クラスの衝撃が生じる火属性魔法、《大爆破《グレート・ブラスト》》の魔法陣が刻まれている魔石を入れただけなので、割と手軽に作れる。

だが、これは普通に《大爆破《グレート・ブラスト》》を撃ったほうが速いし、《刻印《こくいん》》で刻んでいる分、威力が下がってしまう。

「拳銃はまだ、的《まと》に射撃するっていう、意外と面白い遊びができるからいいんだけどなぁ……」

俺は深くため息を吐いた。

「それに飛行船も、優雅《ゆうが》に空の旅ができると思って作ったのに、ずっと魔力を込め続けないといけないし、燃費《ねんぴ》は悪いしで、くつろぐことなんてできやしない」

この十日間の内、三日かけて全長十メートルの鋼鉄製の飛行船を作った。

飛行は、思念通りに物体を動かす無属性の魔法、《念動《ねんどう》》の魔法陣を魔石に刻み、船体の下にいくつかつけることで実現した。

しかし、いざ乗ってみると、毎秒３０００もの魔力を込めないと飛ぶことができない、めっちゃ燃費の悪い飛行船だった。

それだったら普通に《飛翔《ひしょう》》で飛んだほうがいい。

自動回復が間に合うため、魔力切れになる心配はないのだが、それ程の魔力をずっと流しっぱにしていては、くつろぐ程の余裕はなかった。

無意識に魔法が発動できるぐらい上達すれば、くつろげるかもだけど……

「あ〜こういうのは機械系の専門家がやらないと無理だよ。俺みたいなゲーマーがやれるものじゃなかった……」

この日、俺は異世界に来てから初めて挫折《ざせつ》を味わった。

そして、思い知った。現実は甘くないのだと。

「大丈夫だよ！　ご主人様！」

「ええ。マスターは頑張っておられます。だから、自分を責めないでください」

「うむ。落ち込むなんて、お主らしくないぞ」

すると、ソルト、シュガー、ダークが励ましてくれた。

「みんな……」

やっぱり持つべきものは仲間だ。

俺は微笑みながら、みんなを抱きしめた。

◇　◇　◇

「……遂に完成した」

俺の手元にあるのは、大型のリボルバーだ。

あれから、試行錯誤《しこうさくご》して拳銃を一から作り直した。そして、いくつかの試作品を経て、ようやく完成したのだ。

このリボルバーは、雷属性の魔法を利用した電磁加速《でんじかそく》で銃弾を飛ばす仕組みになっている。そして、電磁加速の負担に耐えられるように、リボルバーの本体はアダマンタイト製だ。

「では、発射！」

三十メートル先にあるアダマンタイト製の壁に向かって、銃弾を撃ち込む。

パァン！

いい感じに調節した《無音《サイレント》》のお陰で、発射音はあまり大きくない。

銃弾は、そのままアダマンタイト製の壁にめり込んだ。

「凄ぇな」

銃弾がアダマンタイト製の壁にめり込んだことも凄いが、小型のレールガンと化したリボルバーの銃弾を受け止められた壁のほうも凄い。

「ほう。見事な武器じゃのう。雷属性の魔法で加速させて、鋼鉄の礫を撃つ。長く生きてきたわしでも思いつかないものをお主のような若造《わかぞう》が作るとはのう」

ダークはリボルバーを興味深そうに見つめた。

「俺はもう若くないよ。これでも八百年以上は生きてるんだぞ」

ダークの言葉にため息を吐く。

「そうじゃな。じゃが、それにしては若者のような探求心を持っておるぞ。大体二千年程前のわしと同じじゃ。今のわしは剣術にしか興味がないからのう」

ダークは懐かしむような声音で言った。

「そうか。まあ、永遠を生きる俺らは色んなことに興味を持つべきだと思う。そうしないと、途中で生きることが嫌になると思わないか？」

俺は遠回しに、それだと生きるのが辛くないのか？　と問いかけた。

「まぁ昔はそんな風に思ったこともあったかもしれないのう……わしはお主とは違い、何千年も孤独じゃったからな。そんな孤独な時を過ごしたわしからしてみれば、今の生活は新鮮。お主とはもう五百年以上過ごしておるが、まだまだ新しい発見がいっぱいあって、楽しいのじゃ」

ダークは朗《ほが》らかに言った。

「新しい発見を楽しめるってことは、お前も二千年前と同じように、探求心を持っているじゃないか」

「……確かに」

「気づいていなかったのかよ……まあ、お前の剣術に対する思いは異常だけどな」

何せこいつは、剣術が好きすぎて剣になる、という伝説を残したくらいだ。

これこそ、一つのものに対する探求心を極めた結果だろう。

「はぁ～次は何をするか」

気持ちとしては、もっと面白いものを作ってみたいと思っている。だが、知識不足のせいでできない。

俺は地球で色々なことを学ばなかったことを後悔した。

「……人間が住む街に行ってみようかな？　そして、そこで色々調べてみようかな」

モノづくりをきっかけに、俺は人間の街に行ってみたいと思うようになったのだった。

第五章　数百年ぶりに人と会って、コミュ障を発揮してしまう

レインがいる大陸には七つの国が存在している。

その内の三か国。神聖バーレン教国、ダルトン帝国、ムスタン王国はずっと仲が悪い。

理由は、三か国が現在レインが拠点としているディーノス大森林の利権をめぐり、揉《も》めているからだ。

国防に充《あ》てる費用が膨らんでいくことを嫌った三か国は、ディーノス大森林不可侵条約を結んだ。

その日は丁度、中山祐輔がレインとしてこの世界に転生した日だった。

それから数百年。その条約は守られ、ディーノス大森林に入る者はいなかった。だが、月日が流れるにつれて、三か国に欲が出始める。

ディーノス大森林の資源が欲しい。せめて、あの森にはどんな資源があるのか詳しく知りたい。

そして、あわよくば——

様々な思惑が錯綜《こうさく》する中、今日、神聖バーレン教国の神殿にて、三か国の代表者が話し合うこととなった。

「呼びかけに応じてくださり、感謝いたします。此度《こたび》の議題は、書状でお知りになられていると思いますが、ディーノス大森林の調査についてです」

最初に口を開いたのはダルトン帝国の宰相、ディール・フォン・ファスタル侯爵《こうしゃく》。銀髪に赤い瞳の初老の男性だ。

「あの森は長らく誰も立ち入っておりません。そのため、資源も潤沢《じゅんたく》なはず。中には我々人類の発展に役に立つものが眠っているかもしれません。調査をして、損はないと私は思います」

ディールが続けて言う。

「それで、その資金諸々は誰が出すんだ？　くだらないことに金を出す程、我が国はお人よしではないぞ」

次に口を開いたのは神聖バーレン教国の枢機卿《すうききょう》の一人、ファルス・クリスティンだ。

赤髪で金色の瞳の三十代前半の男性である。

若くして神聖バーレン教国最強クラスとなった実力者で、その力によって僅か数年で教皇の次に偉いとされている枢機卿にまで上り詰めたのだ。

だが、武力で強引に枢機卿になったため、他三人の枢機卿からは嫌われている。

「それは貴方《あなた》の一存で決められることではないでしょう？　教皇様は調査には参加しないという意向を示しておられるのですか？」

ディールは、国家間の話し合いにあるまじき言動を取るファルスに動じることなく、そう問いかけた。

ファルスは一見感情的な人間に見えるが、頭はそこそこ切れる。

ディールは隙を見せないほうがいいと判断し、教皇の名前を出しつつ慎重な態度を取る。

「……教皇様は調査は賛成だとおっしゃっていた。だが、資金はあまり多くは出せない。人員もだ。神殿騎士《しんでんきし》は誰一人として使うなとのことだ。くだらないことに金や人員を出せる貴方の国とは違ってな」

ファルスはディールを鼻で笑った。

「他国を侮辱《ぶじょく》するような言葉を口にするとは。国の代表者としてふさわしい言葉を使えないのはどうなのですか？　まさかとは思いますが、それでよいとは思っておりませんよね？」

ディールは我慢ならないとばかりに、ファルスの失言を指摘する。

「なんだとっ」

ファルスはディールに逆切れした。

話し合いのはずなのに、一触即発《いっしょくそくはつ》の雰囲気になってしまった。

各国の護衛たちが、不安そうにその様子を眺めている。

「落ち着いてください。ディール殿、ファルス殿。ここに集まったのは話し合いをするためです。喧嘩をするために来たのではない」

二人を仲裁するような形で口を開いたのは、ムスタン王国の宰相、トール・フォン・フィーデル侯爵だ。黒髪に金色の瞳の三十代後半の男性である。

「そうですね。見苦しいところをお見せしました」

「……すまなかった」

ディールは表情を変えずに、ファルスは苦虫を噛み潰したような顔で謝罪した。

「ディーノス大森林の調査。この計画に私は賛成します。だが、今回やるのはあくまでも調査のみだ。何か利益になるものを発見しても、放置することにしましょう」

利権でトラブルを起こすことを嫌ったトールは、何を見つけてもそのままにする案を提案した。

「そうですね。争いを起こしたくはないので、私も賛成します」

ディールは、トールの案に賛成した。

ディールとしても、争いは金の無駄だとわかっているので、この提案はありがたかった。

「……ああ。その案に賛成する」

ファルスは少し考える素振りを見せてから、トールの案に賛成した。

「では、人選についてですが、各国からAランク冒険者を二十人ずつ出す。そして、集まった計六十人を六人ずつの十チームに分ける。一つのチームには各国の人が二人ずつ入る。これなら問題ないでしょう」

神聖バーレン教国が神殿騎士を出さないのなら、金で動かせる冒険者のほうがいいと判断したトールは、そう提案した。

一つのチームに各国の人が二人ずつ入るのは、もし特定の一つの国の冒険者でパーティーを組んだ場合、情報を隠蔽される恐れがあるからだ。

「そうですね。森林に入る場所は、ムスタン王国から三チーム、神聖バーレン教国から四チーム、ダルトン帝国から三チーム。これが一番よいかと思います」

「……ああ。それでいいと思う」

こうして、ディーノス大森林の調査が決定したのだった。

◇　◇　◇

「ちっ、ダルトン帝国の野郎め。舐《な》めたことを言いやがって。こっちのほうが軍事力は上だ」

自室に戻ったファルスは血がにじむまで親指の爪を噛むと、舌打ちをした。

「ムスタン王国もそうだ。偉そうに言いやがって」

ファルスは続けて地団駄《じだんだ》を踏んだ。

自国よりも弱い相手にいいようにされたことが気に入らないのだ。だが、それはファルス自身の交渉力の弱さが原因であるため、自業自得なのだが……そのことにファルスは気づいていない。

「くっ、今に見てろよ……」

ファルスはもう一度舌打ちをすると、使用人の女性をベッドに引き入れた。

◇　◇　◇

パァン！

小さめの破裂音が響く。その直後、直径十センチの円形の的の真ん中に穴が開いた。

「よし。五十メートル先でも命中した！」

俺はガッツポーズを取り、笑みを浮かべた。

今は作ったリボルバーで射撃訓練をしていたところだ。離れた場所にある的を撃ち抜くのだが、これが結構難しい。

リボルバーが完成してから一か月特訓をして、ようやく五十メートル離れた場所にある的を正確に打ち抜けるようになった。

「あ～楽しかった……って、シュガー、ソルト、どうしたんだ？」

周囲を警戒している二匹に、声をかける。二匹が警戒するなんていつぶりだろう。

「あのね。ここに何かの集団が近づいてきている。距離は八百メートル」

ソルトが距離まで正確に答えてくれた。

「そうか……確かに来てるな」

俺も《気配察知《けはいさっち》》を使うことで、近づいてくる集団の存在に気がついた。

「ここに来る魔物はいないよな……」

シュガーとソルトの縄張りということになっているせいか、ここに近づいてくる魔物は全くいない。二匹に敵う魔物はいないからな。

「……あ、これ人だ」

距離が近づくにつれて、《気配察知《けはいさっち》》がだんだん正確になっていく。

そして今、気配が人のものであるとわかった。俺と似たような歩き方、大きさ——間違いない。

これは人だ。

彼らはどんどん近づいてくる。この様子なら、じきにここへ来るだろう。

「人と話すのはめっちゃ久しぶりだな。緊張してきた……」

家の前を歩き回りながら、そう口に出す。

久々すぎるせいで心の準備が……正直この場所を上手く隠してやり過ごしたいという気持ちもある。だが、それ以上に久々に人間に会って、話したいという思いもあった。

「やれやれ。もっと堂々としておれ。世界最強の名が泣くぞ」

ダークは緊張している俺を見て、ため息を吐く。

「そ、そうだな。よし。シュガーとソルトを人前に出すわけにはいかないから、二匹は家でくつろいでいてくれ」

こんな森の中に人がいたら警戒されると思った俺は、少しでも自分の怪しさを和らげる方法はないかと考え、ひとまずシュガーとソルトには家の中にいてもらうことにした。

一応二匹は魔物だからな。

「はーい」

「わかりました。マスター」

二匹は頷くと、家の中へと入っていった。

「ダーク、お前は喋るな。剣が喋ったらトラブルのもとになりかねない」

トラブル量産機になりそうなダークに、そう忠告する。

「む……まあ、お主の言うことはもっともじゃ。しばらくは本物の剣になりきるとしよう」

ダークは不服そうだったが、了承してくれた。

「ん～と……お、走ってるな。もしかして俺の気配に気づいたのか？　いや、多分この家だな。あの位置からならギリ見えるし」

準備を整え、わくわくしながら人が来るのを待った。

そして――

「おい！　人がいるぞー！」

川の上流から、男性三人、女性三人の計六人が姿を現した。

髪の毛カラフルだなぁ……

赤、青、金、白、銀、茶。俺の髪もそうだが、この世界の人は個性豊かな髪色をしている。

さて、ファーストコンタクトを取るとしよう。

「みなさん、こんにちは。ここへは何をしにきたのでしょうか？」

ニコッと笑い、六人にそう問いかける。

この辺に人が入ってくることなんて今までになかった。だから、俺は彼らがここに来た理由が気になるのだ。

すると、赤髪の筋肉質な男性が一歩前に出た。

「ここに来たのは調査をするためだ。てか、ここに住んでいる人間がいたのか……丁度いい。おい！　ちょっと休ませろ。あと、お宝がある場所も教えろ。逆らったら……わかってるな？」

男性は脅《おど》すような口調でそう言うと、いきなり剣を抜いた。そして、俺に突き付けた。

この瞬間、俺の中でこいつの株が大暴落した。リーマンショックや世界大恐慌の比較にならない程の下落っぷりだ。

「人にものを頼む態度ではないですね。あなたのような方をこの家に入れるわけにはいきませんし、お宝の場所も教えません。まあ、この森にお宝があるのかは知りませんが……」

俺は静かにキレた。そして、さっさと帰れと目で訴える。

「Aランク冒険者に喧嘩を売ったこと、後悔するといい」

その瞬間、この男性の殺気が一気に高まった。

喧嘩売ってきたのそっちじゃん……

こんなクズがいるんだ……まあ、一応見とくか。

念のため、俺は《鑑定《かんてい》》でこいつのステータスを見ておくことにした。

【ドス】

・年齢：34歳　・性別：男
・天職：剣士　・種族：人間　・レベル：563
・状態：健康

〈身体能力〉
・体力：45200／45200　・魔力：36500／36500

・攻撃：50300　・防護：48700　・俊敏：42200

〈魔法〉
・火属性：レベル5

〈アクティブスキル〉
・剣術：レベル6　・体術：レベル6　・回避：レベル5
・恐喝《きょうかつ》：レベル4

〈称号〉
・暴《あば》れる者《もの》　・剣鬼《けんき》　・恐怖《きょうふ》を与《あた》えし者《もの》

見た感じ、余裕で勝てそうだ。

「ダメよ！　今のはドスが悪い。あんなこと言って、快《こころよ》く休ませてくれる人がいるわけないでしょ！」

青い髪の女性を筆頭に、残り五人が赤髪の男性――ドスを止めようとする。どうやら他五人は良識のある人間のようだ。

だが、ドスは俺に斬りかかってきた。

「その軌道。その力加減。あまりにも攻撃がわかりやすすぎる」

ため息を吐き、素早く腰に下げた鞘からダークを引き抜く。そして、流れるような動きでドスの両腕を斬り落とすと、《浄化《じょうか》》を使ってから鞘に収めた。

「な……ぎゃあああ!!　俺の腕があああああ！」

ドスはギャーギャー騒ぎ、暴れ出した。

まあ、両腕を斬られたんだ。動揺ぐらいするだろう。

「まあ、同情はしないがな。《縛光鎖《ばっこうさ》》、《無音《サイレント》》、《回復《ヒール》》」

ドスを《縛光鎖《ばっこうさ》》で拘束し、《無音《サイレント》》で叫び声が聞こえないようにした。話の邪魔になるからな。

それと、流石に殺すのは気が引けたので、《回復《ヒール》》で傷を塞《ふさ》ぎ、止血だけしておいた。

「それではもう一度聞きます。ここへは何をしにきたのでしょうか？」

俺は残った五人に視線を移すと、そう問いかけた。

◇◇◇

私の名前はニナ。青い髪がチャームポイントのAランク冒険者よ。

今、他のAランク冒険者と共にディーノス大森林に来ている。

私は普段、ソロで活動している。パーティーを組むことで起きるトラブルに巻き込まれたくないからね。

だけど、この依頼で組むパーティーの人間は全員Aランク冒険者。ランクの高い冒険者は、そこまで上り詰めるのに苦労してきたせいもあってか、まともな性格が多い。

だから大丈夫だろうと思い、この依頼を受けた。

しかし、何事にも例外は存在する。

まさかこのパーティーに、その例外となる人物が入っているなんて、思いもしなかった。

「お、あっちに魔物がいる。殺してやらぁ！」

叫び声を上げながら、魔物に突撃していく冒険者の名前はドス。

さっきからこいつのせいで、調査が全然進まない。

「ちょっと！　ここには調査で来ているのよ！　なるべく広範囲を捜索しないといけないから、戦闘は可能な限り避けなさーい！」

我慢の限界に達した私は、ドスに文句を言った。

「あぁ？　別にいいじゃねーか。魔物が減れば調査がしやすくなるんじゃないのか？」

ドスは私を睨みつけると、冒険者ギルドで酒ばかり飲んでいるチンピラ冒険者のような態度と口調で、そう言った。

「はぁ……魔物に見つからないように移動できるのが、真の一流ってSランク冒険者から聞いたわ」

「本当か？　よし。ぜってぇ見つからねぇようにしてやる」

ダメもとで言ってみたら、いい感じに誘導できた。

予想通り、こいつは超が十つく程単純だ。でも、超が百はつく戦闘狂《せんとうきょう》でもある。

注意してから、三十分も経過すれば――

「お、発見したぜぇ！」

ドスは叫び声を上げながら、前方にいる魔物に突撃した。

「はぁ……全く直らないわね。諦めも肝心かしら……」

私は深くため息を吐いた。横では、仲間がドスが倒した魔物の後処理をしている。

この様子では、いずれ何かしらのトラブルに巻き込まれそう。

せめて、そのトラブルが、危険なことではありませんように……


しばらく歩いていると、前方に建物が見えてきた。

「あれ？　なんでこの森に建物があるの？」

この森はディーノス大森林不可侵条約によって、何百年も立ち入り禁止になっていた。家なんてあるはずがない。

「……あ、人がいる」

仲間の一人が家の前に立っている若い男性を見つけた。

「みなさん、こんにちは。ここへは何をしにきたのでしょうか？」

目の前にいる男性は、礼儀正しく挨拶をしてくれた。

この男性。何者なのかしら……え？

《鑑定《かんてい》》でステータスを見た瞬間、私は絶句してしまった。

【レイン】
・年齢：解析不能　・性別：男
・天職：解析不能　・種族：解析不能　・レベル：解析不能
・状態：解析不能

（身体能力）
・体力：解析不能　・魔力：解析不能
・攻撃：解析不能　・防護：解析不能　・俊敏：解析不能

（魔法）
解析不能

（パッシブスキル）
解析不能

（アクティブスキル）

解析不能

（称号）
・剣神

彼のステータスは全くと言っていい程、何も見えなかった。いや、それに関してはステータスを隠蔽する能力を持っているだけという可能性があるので、慌てる必要はない。けれど――

剣神って……伝説の称号と言われている……

剣神は剣術系の称号の中で最上位に位置し、長命種が人生の大半を費やしてようやく手にすることができるもの。その称号を持っているのは、現在では数名のエルフの剣士のみ。

それを人間の若者が持っているわけがない。天性の才能で早く習得できる場合もあると聞いたことがあるけれど、それでも数十年はかかる。

……恐らく幻術で耳を隠しているエルフね。

そんなことを《思考加速《しこうかそく》》を使って考えていると、ドスが彼にとんでもないことを言った。

「ここに来たのは調査をするためだ。てか、ここに住んでいる人間がいたのか……丁度いい。おい！　ちょっと休ませろ。あと、お宝がある場所も教えろ。逆らったら……わかってるな？」

「「「「!?」」」」

その言葉に、私たちは目を見開き、唖然とした。それが人にものを頼む態度なわけがない。若い男性は、私たちに向ける態度を一気に変えた。

「人にものを頼む態度ではないですね。あなたのような方をこの家に入れるわけにはいきませんし、お宝の場所も教えません。まあ、この森にお宝があるのかは知りませんが……」

彼から発せられる気配が、強者のものに変わった。空気が重い。静かな怒りが感じられる。

だが、ドスは気配の変化に気づいていないようだ。

「Aランク冒険者に喧嘩を売ったこと、後悔するといい」

そう言うと、彼に斬りかかった。

私は二つの理由で止めようとした。一つ目は普通に人としてやってはいけないことだから。二つ目は彼に斬りかかったらとんでもないことになりそうだから。

だが、間に合わなかった。

そして――

「な……ぎゃあああ!!　俺の腕がああああ!」

彼によって、ドスの両腕は斬り落とされてしまった。

「あれが剣神の称号を持つ人の剣技……」

私はそう呟いた。

「動きに無駄が一切ない」

剣士の仲間はそう呟いた。

ドスを拘束していて、私たちの呟きは彼には聞こえていないようだ。

そして、彼は私たちに視線を向けた。その瞬間、威圧感で背筋が凍る。

「それではもう一度聞きます。ここへは何をしにきたのでしょうか？」

その言葉と彼から発せられる殺気で、私たちは全員腰を抜かして座り込んだ。

◇　◇　◇

腰を抜かして座り込んでしまった五人を見て、俺はヤベッと思った。

この人たちはドスを止めようとしてくれたいい人たちだ。

そんな人たちに、さっきまでドスに向けていたのと同じ殺気をつい向けてしまったことに、俺は全力で反省した。

「ごめんなさい。殺気が出ていました。何もしないから安心して」

俺はしゃがんで目線の高さを合わせると、謝罪の言葉を口にした。

「い、いいえ。私たちのほうこそドスを止めることができなくて、すみません」

青い髪の女性が言う。落ち着きを取り戻した五人は立ち上がると、頭を下げた。

「頭を上げてください。それよりも、こいつはどうすればいい？」

俺は《縛光鎖《ばっこうさ》》で拘束され、身動きが取れなくなっているドスを指さした。

「えっと……一応連れて帰るわ。こいつは昔から問題行動ばかり起こしていたから、私たちの証言があれば、問答無用で処罰されると思うわ」

青い髪の女性は少し考えこんでから、そう続けた。

「そうか……わかった。連れていってください」

ドスに使った二つの魔法を解除すると、首に手刀を当て気絶させてから、五人の前に放り投げる。

「ありがとうございます。それで、レインさんはどうしてここに？」

その質問に、違和感を覚える。

「なんで俺の名前を知ってるんだ？　名乗っていないはずだけど……」

「実は、あなたに《鑑定《かんてい》》を使いました。許可なく使ってしまい、すみません」

青髪の女性は申し訳なさそうな顔をすると、深く頭を下げた。

「ああ、《鑑定《かんてい》》を使ったのか。それで、俺のステータスはどこまで見ました？」

やらかしたな～と思いながら問いかける。

《鑑定《かんてい》》はよく使うが、されるのは初めてだったので、視線に気づかなかった。

俺のステータスはめちゃくちゃ高い。だからこそ、あまり知られたくない。

もし、俺のステータスが多くの人に知れ渡ったら、面倒くさいことになるのは目に見えている。

そうなったら、千年程、山籠《やまご》もりをするつもりだ。

「私が見られたのは、名前、性別、剣神の称号のみです」

「そうか……それならよかった」

俺はほっと息を吐いた。

種族、年齢、レベル、ステータスと魔法とスキルの数値、称号、これらは他人に見せられないようなものだ。

剣神の称号は知られてしまったが、以前ダークがこの称号を持つ者は他にもいると言っていたし、問題ないだろう。もし世界最強とかだったら、シャレにならなかった。

「あの……レインさんは耳を隠したエルフですか？」

青い髪の女性に、突然そんなことを聞かれる。

「……なんでそう思ったんですか？」

「剣神という称号は、長い年月を剣術の修業に費やさないと手に入らないのです。なので、私はあなたがエルフであると思いました」

女性は少し固くなりながら、理由を説明してくれた。

それを聞き、俺は内心焦った。

ヤバいな。半神はこの世界だと俺しかいないらしいし、かといってエルフと偽ろうにも、エルフであることを証明できない……

《幻術《げんじゅつ》》を使えばエルフのような耳を見せることもできるのだが、感触までは再現できない。

「その辺については聞かないでください。種族は隠したいんだ」

俺はめちゃくちゃ雑な言い訳をした。

人間ではないと自白しているようなものだが、これで押し通すとしよう。

「す、すみません。変なことを聞いてしまって」

女性は何度も頭を下げて謝った。この様子、なんだか仕事の失敗を責められている部下のようだ。

そして、その姿が会社で働いていた時の俺と重なる——

「ま、まあ、俺の個人情報を誰にも言わないのなら、もう謝罪はしなくていいです。で、最初の質問に答えるけど、俺は気がついたらここにいて、なんとか生き延びたって感じです」

なんだかいたたまれなくなってしまったので、無理やり話題を戻す。

「そうですか……実はこの森は数百年前から立ち入り禁止になっているんです。私たちは国からの調査依頼で来たので、大丈夫なんですが……」

「え、ここって立ち入り禁止だったの⁉」

そんなの想定外だ。

あれ？　もしかして俺ってこのままだと捕まるんじゃ……

「そんなの知らないよ……で、通るわけないよなぁ……」

深くため息を吐く。法律を知らないで押し通せたら、世の中無法地帯になる。

「そうですね……迷い込んだと言えばいいと思いますよ。その時にドスに襲われたことを前面に押し出せば、不問にしてくれるどころか、多分胸を撫で下ろしてくれますよ。五体満足でいてくれてよかったって」

「こいつどんだけヤベぇことしてきたんだよ……」

気絶しているドスを見て、ため息を吐く。

ということは、こいつはこれまでたくさん人を斬ってきたのだろうか。

「こいつがやってきた問題行動は主に喧嘩です。些細なことで怒って殴り、数多《あまた》の冒険者を引退に追い込んできた。ただ、魔物に殺されかけている冒険者や、一般人、そして貴族をたくさん助けてきたせいで、冒険者の資格を剥奪《はくだつ》されていないんです。まあ、助けたっていうよりは、魔物がいたからとりあえず倒したってだけなんですけど……」

青い髪の女性は深くため息を吐いた。

「なるほどな。厄介すぎるだろ……」

冒険者の資格がある分、ただの悪人よりもたちが悪い。

話を聞いて、俺まで深くため息を吐いてしまった。

「それで、俺はどうすればいいですか？」

「ん～と……私たちとしては、ドスのことを言うためにも、一緒に来てほしいです。流石に両腕をバッサリ斬られているんじゃ、魔物に襲われたということにもできないし、ドスがあなたがここに住んでいることを言ったら大変でしょ。だったら、まだ直接自分の口から話したほうがいいと思うんです。ドスをここで始末することもできるけど、バレた時に私たちが捕まるからちょっと……」

女性は遠慮《えんりょ》がちにそう言った。

「そうか……」

一応、何もなかったことにする方法はある。だが、俺はこれをチャンスだと思った。

折角だし、この機会に人間の街に行ってみようかな。異世界のことを聞ければ儲《もう》けものだしな。

しばらく人間に会っていなかった俺は、元々コミュ障だったのに拍車《はくしゃ》がかかっていた。

さっき挨拶する時でさえ、アホみたいに緊張したのだ。とてもじゃないが、一人で街に行って、生活するのは無理がある。

それなら、迷った人として保護されて、色々教わりつつ街を目指すのが、いいんじゃないか？

この女性は話しかけやすいので、会話をしていても多少の緊張で済む。

「じゃあ、ついていきます。準備するから、少し待っててください。あと、今後行動を共にするなら、そんなに畏《かしこ》まった喋り方じゃなくていいよ」

そう言うと、家の中に戻った。

「街に行くことになったから、ちっちゃくなってくれ」

「はーい！《縮小《しゅくしょう》》！」

「かしこまりました。《縮小《しゅくしょう》》！」

ソルトとシュガーは小さくなっていき、最終的には肩に乗るぐらいの大きさになった。

このスキルは、俺が剣術修業をしている時に勝手に取得したらしい。

それにしても、小さいシュガーとソルトは、また違った可愛さがある。ギューッと抱きしめたいところだが、彼らを待たせるわけにはいかないので、あとでにするとしよう。

「留守にしている間に誰かに侵入されたら困るから、こいつを起動させとくか」

そう呟いて、玄関にある水晶に魔力を流す。

これは警報装置で、家から半径五メートル以内に魔力を持った生き物が侵入してくると、持っている受信機の音が出るようになっている。

俺が持っている知識と魔法をフル活用して作った、最高傑作《さいこうけっさく》の一つだ。

「じゃ、行くか」

シュガーとソルトを両肩に乗せ、家の外に出た。

「待たせたな。街まで案内してくれ」

俺は六人のもとに近づくと、そう言った。

「わかったわ。ところで、肩に乗っている魔物は？」

青髪の女性が目を輝かせながら、聞いてきた。

どうやらこの女性も、シュガーとソルトの可愛さに心を奪われたようだ。

「この子はシュガー、この子はソルトだ。ずっと一緒にいる俺の仲間だよ」

「そうなんだ……ねぇ、撫でてもいいかな？」

青髪の女性は俺のこと――じゃなくて、シュガーとソルトのことをじっと見つめながら、そんなことを頼んでくる。

「嫌がらない程度だったらいいよ」

断る理由はないため、俺は一つだけ条件をつけて許可した。

「ありがと～」

青髪の女性は微笑むと、シュガーとソルトの頭を優しく撫でる。

「気持ちいいな～、もっと下らへんがいい！」

「そうですね～、絶妙な力加減です」

ソルトとシュガーは撫でられ、気持ちよさそうに目を細めた。

二匹の言葉は《テイム》で繋がりのある俺と、元ダンジョンマスターのダークにしかわからない。

だが、この女性には言葉が伝わっているような感じがする。

何故なら、シュガーとソルトが撫でてほしいと言った場所を、正確に撫でているからだ。

二匹は、そのまま数分間撫でられ続けた。

「ご、ごめん。あまりにも可愛かったから……」

青髪の女性はぺこぺこと頭を下げて、謝った。

「シュガーとソルトが気持ちよさそうにしていたから構わないよ」

「ありがとう。それじゃあ行こう。あ、私のことはニナと呼んでね」

「わかった」

こうして人間と出会った俺は、彼らと共に森の外へ向かって歩き出したのだった。

ちなみにドスは、ニナの仲間がロープで足を縛り、口に布を突っ込んだ状態で担《かつ》いでいる。


「ん～このまま歩いたらオークの群れに遭遇《そうぐう》する。距離は五百メートル程だな」

森を移動している道中、《気配察知《けはいさっち》》を使っていた俺は、オークの群れがいることを発見した。

「その距離で気づくの？　凄いわね。まあ、オークなら簡単に倒せるから大丈夫よ」

ニナは余裕の表情でそう言う。そして、他の四人も同調するように頷いた。

「そうか。まあ、確かに君たちなら余裕かもな」

彼らのレベルは４００代後半から５００代前半だった。そのため、レベル30に達する個体がほとんどいないオークに苦戦するわけがない。

俺たちは、そのまま歩き続ける。

「あ、いた」

前方に二十五体のオークが見えた。

「《聖域結界》《サンクチュアリフィールド》、《獄炎》《ごくえん》！」

オークの群れを《聖域結界》《サンクチュアリフィールド》の中に閉じ込める。そして、オーク程度なら一瞬で灰にできる火属性魔法、《獄炎》《ごくえん》を結界内部に放つ。

結界内が炎で真っ赤に染まった。

そして、炎が消えたあとにその場所に残ったのは、灰の山だ。

「さて……ん？　どうした？」

後ろで固まっている五人に、そう問いかける。

「な、なんで《聖域結界》《サンクチュアリフィールド》を使えるの……」

ニナが唖然としながらそう聞いてきた。

「なんでって言われても、使えるからとしか答えられないな……」

これは光属性のレベルが８になれば使えるようになる魔法だ。

確か七十年程で使えるようになったため、特に問題はないと思ったのだが……

「それは人生を光属性の魔法に捧げた人が、最後に使えるようになる魔法の一つなのよ。あなたは剣神の称号も持っている。普通に考えておかしいでしょ？」

そう言われた瞬間、やらかしたと思った。

人生の大半をそれだけに費やして、ようやく手に入るようなものを二つも持っていたら、ただ長命な種族であるという言い訳は通用しない。

仕方ない。あれをやるか……

悪人ではない人にやるのは気が進まないが、この状況を乗り切るためには仕方ないだろう。

俺は五人に手をかざすと、魔法を使った。

「《記憶消去《メモリーイレーサー》》」

すると、五人は虚《うつ》ろな目になった。

「ふぅ。警戒されていなくてよかった……」

《記憶消去《メモリーイレーサー》》は相手が使用者、つまり俺のことを警戒していたら使うことができない。なので、意外と使いどころが難しい魔法なのだ。

何故警戒していると使えないのかは、詳しくはわからない。

使用している俺の感覚で言うと、部分的に記憶を消去するのは針の穴に糸を通すよりも、ずっと難しく、精密なコントロールが必要だ。

相手の意識が介入してくるなど、邪魔が入ると記憶が全て消し飛んでしまうから、警戒している相手には使えないのではないかと予想している。

「さて、そろそろ戻るかな……お、戻ったか」

一時的に思考が止まっていたが、ちゃんともとに戻ったようだ。

とりあえず、直近五分間の記憶を消した。

「ん？　私の顔に何かついてるの？」

ニナが俺のことを不思議そうに見つめている。

「いや、ちょっと考え事をしていただけだ」

雑にごまかし、前を向く。

「わかったわ。じゃあ行きましょう」

「そうだな」

強引な方法ではあったが、なんとか危機を脱した俺は、彼らと共に先へ進んだ。


「やっと森を抜けられた……」

ニナが呟く。俺たちは四時間程かけて、この森の外に出た。

その間に五回ドスが目を覚ましたが、暴れ出す前に、ニナたちが首に手刀を叩き込んで、気絶させてくれた。気絶させる権利をめぐって五人が揉めていたことには、色んな意味でため息を吐いたが。

「え～と……あっちに見えるのが、この国の調査隊本部よ」

ニナが指す方向にあったのは、四角錐《しかくすい》の形をした大きめのテントだった。

「こんな都合のいいところによく出られたな……」

森の中という迷いやすい場所を、目印もなしに歩いて、目的地に到着できたことに俺は感心していた。

　すると、ニナが気まずそうな顔をしながら、俺の左肩に手を乗せる。

「ただ運がよかっただけなんだよね。本当はとりあえず森を出て、そこからここに来る予定だったの……」

　勘《かん》かよ！　と心の中でツッコミながら、俺は苦笑いをした。

「まあ、運も実力の内って言うしな」

「あら？　私にぴったりの言葉ね。今後どんどん使っていこうかしら」

　ニナは笑みを浮かべると、そう言った。

「乱用しないことを祈るよ」

　四時間一緒にいて思ったのだが、ニナはなかなかの陽キャだった。コミュ障である俺でもちゃんと話せる程度には、会話が上手い。

「善処するわ。では、早速あそこに行って、ドスを回収してもらわないと」

「そうだな」

　俺はフッと笑うと、彼らと共に前方にあるテントへと向かった。


「二番隊、帰還しました」

「早かったな……で、担がれているのはドスか……なるほどな。中に入っていいぞ」

　テントの前にいた男性騎士は、ニナの言葉にため息を吐くと、俺たちをテントの中に入れてくれた。

テントの中は会議室のようになっていた。

椅子に座ってくつろいでいた茶髪の若い男性が、俺たちに気づいて口を開く。

「お、ドスか。何をしたんだ？　こいつとはいえ、流石に同じAランク冒険者に喧嘩を売ることはないと思うが……」

「ドスは森に迷い込んでしまったこの人に横暴なことを言いました。そして、剣を抜きました。なので、私たちが全力で止めたのですが……」

ニナは何があったのかを茶髪の男性に説明した。

剣神の称号は隠しつつ、事実とは少し異なることを伝えてくれている。流石に、剣神の称号を持っているなんて知られたら、面倒くさいことになるのは目に見えている。

「なるほどな。怪我がなくて本当によかった……」

茶髪の男性は心の底から、俺が無事だったことに安堵《あんど》しているようだった。

「では、自己紹介をしよう。私の名前はディンリード・フォン・ガラント伯爵。貴族だが、気軽に接してくれ」

「あ、はい。俺の名前はレインです」

貴族なのに気さくすぎだろ！　と心の中でツッコミを入れながら、俺は自己紹介をする。

「それで、肩にいるのは従魔かな？　よくなついているね。あと……とても可愛い……」

ディンリードはシュガーとソルトを見て、目を輝かせた。

まさか貴族すらも魅了するなんて……もし可愛さにレベルがあったら、シュガーとソルトのレベルは１０００に達するだろう。

「え～と……撫でますか？」

目をキラキラさせているディンリードに、そう尋ねる。

「いいのか？　ありがとう」

ディンリードは笑みを浮かべると、シュガーとソルトを撫でた。

撫でて撫でて撫でまくった。

「は～癒された……」

ディンリードは満足げな表情をしながらそう言う。

「撫でるの激しい……」

「もう少し優しく……」

ソルトとシュガーは疲れ気味のようだった。確かにディンリードの撫で方は少し激しかった気がする。次、撫でようとしたら注意しておこう。

「それで、俺はこれからどうすればいいんですか？」

寝床は、《長距離転移《ロングワープ》》で家に帰ればいいだけなので、特に問題はない……のだが、どうせなら街の宿で寝てみたい。あと、《長距離転移《ロングワープ》》の説明がめんどい。

「そうだな……調査隊が街に帰るのは明後日だから、それまではここで過ごしてくれ」

「わかりました」

俺はコクコクと頷いた。

「あと、その二匹には従魔の証になるものを身につけさせないとダメだ。首輪がよさそうだな。それは私が用意しておこう」

「ありがとうございます」

俺は頭を下げて、礼を言った。

それにしても、ディンリードはとても優しい人だ。初対面の俺にここまで親切にしてくれるなんて……

貴族と聞くと、権力を盾に好き勝手やっているクズのイメージがあったが、その考えは改めたほうがよさそうだ。

「というわけで、レインのことは任せたよ。色々教えてあげてくれ」

「わかりました」

ニナがディンリードの言葉に頷く。

「レイン、とりあえず外に出ましょ」

「わかった」

俺はみんなと共にテントの外に出た。

「……もう夕方か」

空は夕日で赤く染まっており、うっすらと月が見える。

「もうこんな時間……じゃあテントを張らないとね。あ、でもテントは三人用が二つしかない……」

「なら俺が外で寝るよ。寝場所は自力で作れるから」

《無限収納《インベントリ》》の中にたっぷり入っている岩に《錬成《れんせい》》を使えば、そこそこ使える寝床が作れるだろう。

「気を遣《つか》わせてしまってごめんね」

ニナは申し訳なさそうな顔をして、そう言った。

「大丈夫。大丈夫。じゃ、早速作るか」

俺は《無限収納《インベントリ》》の中から自分の身長サイズの岩を取り出すと、《錬成《れんせい》》を使ってかまくらのような形にした。

「いい出来だな」

十秒程で作った即席テントを満足して眺める。

だが、一瞬で作ったせいで、ニナたちから怒涛《どとう》の質問攻めをくらった。

「一体何をしたの⁉」

「テントを作った」

まずはニナの質問に答える。

「どうやって作った！」

「《錬成《れんせい》》を使っただけだけど……」

次に剣士の男性の質問。

「あなたは剣士ではなかったんですか⁉」

「ふふ……いつから俺が剣士であると錯覚していた？」

サポート役の女性が、驚きながら問いかけてくる。

「ふざけるな！」

「すみません」

剣士の男性に怒られてしまった。

次々飛んでくる質問に、なんとか答える。

他にも色々聞かれたが、その都度適切（？）な返しをして、落ち着かせることに成功した。

「あなたは錬金術師だったのね。錬金術師はいつでも武器や防具の手入れができるから、パーティーのサポーターとして重宝されているわ。ただ、サポーターとして働くよりも、鍛冶師《かじし》の補佐として働くほうが稼げるのよね」

「なるほどな……」

生産職や非戦闘職は前世のゲームや小説だと、弱い地位であることが多かったが、ティリオスではそうではないようだ。いや、むしろ重宝されているまである。

「俺もまずは冒険者になろうかな。それで金を稼いでから、錬金術師について色々調べてみるか」

俺は金を持っていない。だから、街に行ったらすぐに冒険者になって、まずは金を稼ぐのがよさそうだ。

「あなたならSランクも夢ではなさそうね。ドスはAランクの中では真ん中ぐらい。あいつが油断していたとはいえ、瞬殺は結構凄いのよ」

「あれで上のほうなのか……Sランクはどれくらいの強さなんだ？」

「そうね……大体レベル700から1000って聞いたわ。数は世界で六人だったわね。ただ、それくらいの強さの人は冒険者よりも国に仕えている人のほうが多いわ。その強さなら、冒険者をやるよりも楽にお金がもらえるからね。あ、ちなみにAランク冒険者は千人くらいいるよ。レベルは大体450から700くらいね」

「そうか……」

この世界で最強と呼ばれている人たちでも、俺の十分の一程度のレベルだった。

この時、俺は思った。俺とまともに戦えるやつはいるのか？　と。

好敵手《こうてきしゅ》がいないのは少し寂しい。だが、それ以上に世界最強であることをより実感できて、嬉しかった。

ニナたちが、テントを張るために少し離れた場所へと歩いていく。

「腹が減ってきたな。そろそろご飯を食べて、さっさと寝るか」

俺は即席テントの中に入ると、《無限収納《インベントリ》》の中からオークの焼肉を取り出した。

「シュガー、ソルト、はい」

石皿の上にオークの焼肉を載せ、シュガーとソルトの前に置く。

「もぐもぐ……この大きさだと満腹になるのも早いね……」

ソルトが口いっぱいに肉を頬張りながら言う。

小さくなったままのシュガーとソルトはどんどんオークの焼肉を食べ進めていった。

「じゃ、俺も食べるか。あ〜美味い」

俺もオークの焼肉を木の箸で口に運んだ。そしていつものように食事を楽しんだ。

食事が終わり、即席テントの中に作ったベッドの上に寝転がると、シュガーとソルトをぬいぐるみのように抱きしめながら眠った。

◇　◇　◇

「あ〜よく寝た……」

次の日の朝、目が覚めた俺は朝食を手早く済ませると、日課になっている朝の素振りを始めた。

「振り下ろした時に、体の軸がぶれておるぞ」

ダークを振っていると、小声で指摘された。正直なところ、俺にはぶれているのかわからない。

だが、ダークにはわかるらしい。流石は剣を愛し、剣になった男だ。

「そう言われてもっ！　どうしたらいいかっ、わからないっ」

息を切らしながら、ダークにそう言う。

「そうじゃのう……感覚としか言いようがないのう。ここまで来たら、もうコツを教えてどうにかなるものでもないしの」

「そうですかっ、頑張りますっ」

俺はそのまま一時間程素振りを続けた。

「ふぅ。こんなもんかな。あとは暇つぶしにモノづくりでもするか。《錬成《れんせい》》のスキルレベルも10にしたいし」

現在、《錬成《れんせい》》のスキルレベルは9だ。採掘とモノづくりをしまくったお陰で、レベルはかなり上がっている。

「さて、何を作ろうか……」

俺は即席テントを《錬成《れんせい》》で作業台に作り替えると、腕を組みながら腰かけた。

「ん～……面白い武器を作りたいな」

武器はレベル上げをしていた時に、ダンジョン内にある宝箱で手に入れたものが山程ある。

だが、俺が欲しいのはありふれた武器ではない。

もっと面白くて、かつ実用性のあるものが欲しいのだ。

「つま先から飛び出るナイフとか、投げてしばらくしてから爆発する短剣とか面白そうだよなぁ……」

作りたいものが思いついたので、早速作ってみよう。

「靴、脱ぐか」

履《は》いている靴を脱ぐと、作業台の上に置いた。

「早速、改造しよう。《状態保護《プロテクト》》解除」

俺は《状態保護《プロテクト》》を解除して、《錬成《れんせい》》を使えるようにしてから改造を始めた。

「まずはナイフを作って……《無限収納《インベントリ》》」

《無限収納《インベントリ》》から鋼鉄を取り出す。そのあと、《錬成《れんせい》》と《金属細工《きんぞくざいく》》で、持ち手のない刃渡り十五センチ程のナイフを作った。

「で、飛び出す装置はどうやって作るか……」

これも例に漏《も》れず、魔力を込めるとナイフが飛び出すものにするつもりだ。だが、どの魔法を使えばいいかがわからない。

「う～ん……あ、《重力操作《グラビティー》》でナイフを動かすか。そこに《浄化《じょうか》》を加えて、使ったナイフをその都度綺麗にできればよさそうだな」

どうやって作るか決めた俺は、《無限収納《インベントリ》》から小さい魔石を二つ取り出した。

魔石にそれぞれ《重力操作《グラビティー》》と《浄化《じょうか》》の魔法陣を刻む。

最後にナイフと魔石を靴底にはめ込み、ナイフが飛び出しすぎないようにストッパーをつければ完成だ。俺は、これをもう片方の靴にも同じように仕込んだ。

「試しに使ってみよう！」

靴を履き、足に魔力を込める。

ザシュ！

すると、ちゃんとつま先にナイフが現れた。

「すげぇ。やっぱロマンは追い求めるべきだな」

しかも、これはかっこいいだけではなく、戦う時にもかなり役に立つ。

例えば、ダークでの攻撃を防がれてしまった時に、間髪容《かんはつい》れずにナイフを出して相手を蹴れば、そこそこのダメージを与えることができる。

俺の剣撃を防げるやつがいるのかは知らんけど。

「は～、いいのができた。次は爆発する短剣だな」

これに使う魔法は既に頭の中に浮かんでいる。

まず、《無限収納《インベントリ》》の中から鋼鉄、木材、二つの魔石を取り出した。

次に、鋼鉄を《錬成《れんせい》》と《金属細工《きんぞくさいく》》で刀身にすると、木材を加工して作った持ち手にはめ込む。

最後に、持ち手にそこそこの破壊力を持つ火属性魔法、《爆破《ブラスト》》の魔法陣が刻まれた魔石を埋め込み、《状態保護《プロテクト》》を絶妙な力加減でその魔石にかければ完成だ。

「早速実験するか。《長距離転移《ロングワープ》》」

人目を確認してから《長距離転移《ロングワープ》》で鉱山に転移する。

「よし、やるぞ。はあっ！」

魔力を込め、離れた場所にあった木めがけて短剣を投げ飛ばした。

ドッ！

ドォオン！

短剣は木に突き刺さった。そして、その数秒後――

大きな爆発音と共に、木とその周辺にあったものがまとめて吹き飛んだ。

「これはいいな。投げたら爆発する短剣、一度使ってみたかったからなぁ……」

それに、これは相手の裏をかく時に非常に有効。

モノづくりの最中、『魔法でよくね?』が多発した俺からしてみれば、少しでも自分で作ったものに実践的《じっせんてき》な価値があるのが嬉しいのだ。

「ただ、《刻印《こくいん》》を使える人は多分俺しかいないから、人前ではあまり使えないかもな……」

《刻印《こくいん》》は無属性のレベルが8にならないと使うことができない。この前の《聖域結界《サンクチュアリフィールド》》のことから考えると、他の人は使えないと考えてよいだろう。

もし、どうやって作ったのか聞かれたら、一発でアウトだ。

嘘の作り方も思いつかないし……

「まあ、面白いからとりあえず数だけ増やしておこうかな……あ、他の魔法でも試してみるか。《爆破《ブラスト》》以外にも相性のいい魔法があるはずだ」

そう思い、早速実験してみる。さっきと同じように短剣を作り、次はなんの魔法を使うか考えた。

「う～ん……《炎海《えんかい》》で周囲一帯火の海にするのとかよさそうだな。あ、《氷結《ひょうけつ》》なんかもよさそう」

使えそうな魔法をいくつか思いついたので、それらの魔法陣を魔石に刻み、持ち手にはめ込んだ。

「はあっ!」

ドッ! ゴオォォー。

投げた短剣が木に突き刺さる。そして——周囲が炎の海になった。

「次はこれだ!」

バシャア。

燃えている場所に再び短剣を投げた。すると今度は水が溢《あふ》れ出《で》て、一気に鎮火《ちんか》した。

「最後にこれでどうだっ！」

水浸しになった場所にまた短剣を投げると、次はその周囲が凍りついた。

「まぁ、こんなもんかな。あんまり長時間いないと心配されるだろうから、そろそろ帰ろう。《時間遡行《リターン》》、《長距離転移《ロングワープ》》」

俺は《時間遡行《リターン》》で鉱山を元通りにしてから、《長距離転移《ロングワープ》》で拠点に戻った。

「よっと。それじゃあ、次は何をするか……」

腕を組みながら、考える。

「……たまにはのんびりしようかな」

急にそんなことを思いついた俺は、そのまま野原に仰向けになった。

「お主がのんびりするのは数百年ぶりではないか？　ダンジョンの中で一日休憩していた日があったじゃろ？　多分それ以来じゃな」

「う～ん……覚えてないな……」

ひたすらレベル上げをしていたあの頃のことを、詳しく覚えているわけがない。

てか、ダークは俺がダンジョンにいる間、ずっと見てたのかよ。

「まあ、そうじゃろうな。で、ちょっと前から気になっておったんじゃが、お主は人間ではないな？」

「……は？」

ダークにそう言われ、俺は鳩《はと》が豆鉄砲《まめでっぽう》をくらったような顔になった。

「え、お前ずっと俺のことをなんだと思ってたんだよ」

「時空属性の魔法で寿命を延ばしておるのかと思った。エルフやドワーフじゃと思わなかったのは、レベルが上がる速度じゃな」

「そ、そうか……」

よくわからんが、とりあえずこいつはずっと俺のことを人間だと思っていたらしい。

「だが、何故今更そんなことを？」

疑問に思った俺は、ダークにそう問いかけた。

「時空属性で老化を食い止め、寿命を延ばしても、せいぜい五百年程しか生きられん。なのに、お主はそれ以上生きとる。あまり気にしていなかったが、急にそれを不思議に思ってのう。不思議じゃろ？」

「は、はあ……」

いや、同意を求められても……と、思いながら、ため息を吐く。

つーか、寿命を延ばす魔法ってあったっけ？　俺が使える魔法の中にはなかった気がするけど……まあいいか。

「俺の種族は半神だよ。だから寿命はない。老化もしない」

「ほう。知らない種族じゃが、凄い種族ということだけはよくわかる」

ダークは興味深そうにそう言った。

「てか、俺も気になってたんだけどさ。ダークの知識ってどこで手に入れたものなんだ？」

ずっとダンジョンに引きこもっていたダークが、様々な知識を持っているのは不自然だと思い、そう聞いてみた。

「う～ん……最初から知っていたと答えるしかないのう。わしにもよくわからんのじゃ」

「……なるほど。ということは、俺と同じってわけか」

俺は納得し、頷く。

「ん？　お主と同じとは？」

ダークが不思議そうに言う。

「俺はこの世界に来る前に女神様にこの世界の常識を刷《す》り込《こ》まれたんだ。多分、ダークもそんな感じで知識が入ったんだと思う」

「なるほどのう」

ダークはすっきりしたような声で言った。

「レイン。お主は人が住む街へ行って、何がしたいのじゃ？　森で暮らしていても、不自由はないじゃろ？」

「ん？　ああ。まあ、理由は色々ある。錬金術関連の知識を得たいとか、人に会いたくなったとか。だけど、一番の理由は、やっぱりこの広い世界を冒険してみたくなったからかな。いくつになっても、冒険はわくわくするからね」

俺は笑みを浮かべると、そう言った。

「そうか。わしも、ダンジョンの外が知りたくてお主についていった。お主は森の外が知りたくて彼らについていった。同じようなものじゃな。わしらは」

ダークは昔を懐かしんでいる。

「そうだな……ん？　誰か来た？」

気配を察知した俺は、上半身を起こし、その方向を見た。

「……ニナか」

視線の先にいたのは、俺に近づいてくるニナだった。

「昼寝もいいけど、森から魔物が出てくることもあるから、熟睡はしないほうがいいわよ」

ニナはそう忠告し、俺の隣に座った。

「……」

「……」

できる男なら、ここで話題を見つけて、会話をしようと試みるだろう。だが、俺がそんな大層なスキルを持っているわけがない。

なんとも気まずい雰囲気になってしまった。

「あの、レインはこれからどうするの？」

この雰囲気に我慢できなくなったのか、ニナが話しかけてきた。

「そうだな……街に行って、冒険者になるよ。そのあとは錬金術について色々調べてみたいと思ってる。俺の知識だけではできないことだらけだからな。それが終わったら、世界中を冒険しようかな」

雲一つない青空を見上げながら、そう言った。

「そうなのね……なら、私とパーティーを組んで、一緒に活動してみない？　冒険者としての経験は豊富だから、助けになると思うわ」

この提案に目を見開くと、俺はニナの横顔を見た。

「それは嬉しいが、何故俺なんだ？　俺のことを信用していいのか？」

そう問いかけると、ニナは俺の顔をじっと見つめた。

「……レインが悪人でないことぐらいわかるわよ。私はね、十年程前に四人パーティーで活動していたの。だけど、その仲間に裏切られて、襲われそうになった。その時から、相手の目と態度を見るだけで、私に害をもたらすかどうかがわかるようになったのよ」

「そうか……」

ニナの悲しそうな顔を、じっと見つめる。

「その上で言うわ。あなたはいい人。そして、とても強い。あなたと一緒にいれば、実力不足で受けられなかった依頼も受けられるようになると思ったの。まあ、簡単に言えば、私はあなたに知識を提供する。あなたは私に力を貸す。なかなかいいと思わない？」

ニナはニコッと笑うと、そう言った。

この提案は悪くない。街で生きていくために必要な知識なんかは、誰かに教えてもらう必要があるからな。
あ、でも一応ステータスを見ておくか。ドスみたいなヤバそうな称号やスキルがあったら、後々トラブルに巻き込まれそうだし。そう思い、俺はニナのステータスを見た。

【ニナ】
・年齢：23歳　・性別：女
・天職：魔法師　・種族：人間　・レベル：492
・状態：健康

〈身体能力〉
・体力：40100／40100　・魔力：45100／45100
・攻撃：30800　・防護：42100　・俊敏：39200

〈魔法〉
・火属性：レベル6　・水属性：レベル5

〈アクティブスキル〉
・魔力操作《まりょくそうさ》：レベル6　・鑑定《かんてい》：レベル4　・思考加速：レベル5

・気配隠蔽：レベル4

（称号）

・上級魔法師　・Aランク冒険者　・知恵者《ちえしゃ》

ドスのステータスを覗いた時と違って、ニナの称号やスキルに悪人っぽいのはなかった。

一緒にいても問題ないだろう。

「……そうだな。パーティーを組もう」

「ありがと」

ニナは嬉しそうに微笑んだ。

◇　◇　◇

調査が終わり、人がいなくなったディーノス大森林。

そこには、調査を始める前にはなかったものが、あちこちに転がっていた。

「ガァ？」

一体のオークが地面に落ちていた漆黒の石を拾い上げる。

「ガ……ガァ」

そして、その石を本能の赴《おもむ》くまま口に入れた。

「ガ、ガァ!?」

その瞬間、オークに普通では考えられない程の魔力が宿った。オークの体が漆黒に染まる。

「……ガアアァ！」

どういうわけか、漆黒の石を食べたオークは、突如として人の血肉《けつにく》を求めるようになったのだった……

第六章　初めての冒険者ギルドで、テンプレ展開に遭遇

次の日の朝――

昨晩、六人パーティーが二組帰ってきた。

そして今、大きなテントがあった場所に全員が集まっている。

あ、ドスはいないぞ。あいつはあのあと、縛られた状態で荷馬車に放り込まれてた。刑罰は街に行ってから決めるらしい。

俺としては重い刑罰を下してほしいな。被害はなかったとはいえ、理不尽に剣を向けたんだ。相応の報いは受けてもらわないと。

「これにて調査は終わりだ。メグジスに帰還する。それまでの護衛も頼んだぞ」

ディンリードは前のようなフランクな話し方ではなく、威厳のある声でそう言うと、高級そうな馬車に乗り込んだ。

俺たちは、これからディンリードの領地であるメグジスへ向かう。そこまでは馬車で一日半かかるらしい。だが……

「これって走ってついていったほうが絶対楽だろ……」

馬車に乗り込んだのだが、正直言ってめちゃくちゃ狭い。

四畳程のスペースに六人が入るのだ。これじゃストレスでおかしくなりそうだ……と言いたいところなのだが、《精神強化《せいしんきょうか》》のお陰で案外大丈夫だった。

ただ、狭いな～と思うだけだ。

「これは慣れといたほうがいいわよ。護衛の依頼は基本こんな感じだから」

「そうか……そうだよな～」

シュガーを抱きかかえているニナの言葉に、俺はため息を吐いた。

馬車がもう一台あれば、スペースにゆとりが生まれるが、たかだか冒険者にそんな金をかけている余裕はないのだろう。

「ソルト、癒してくれ～」

俺は首輪をつけたソルトを抱き、頭をなでなでした。

シュガーとソルトには、ディンリードからもらった首輪をつけてある。

これで、街に入っても問題にはならないそうだ。

「ご主人様～気持ちい～」

ソルトは目を細めると、気持ちよさそうな顔をした。ああ……マジで可愛い。悶死するよこれは……この顔を見たら誰だってほのぼのするよ……

俺はソルトの可愛さを堪能《たんのう》して、気を紛らわせることにした。

「……暇だな」

俺はボソッと呟いた。

あれから八時間。昼食の時間以外はずっと馬車の中にいる。

ちなみに、シュガーとソルトは俺とニナの膝《ひざ》の上でぐっすり寝ている。俺も寝ればいいのだろうが、こういう時に限って眠気が来ない。

そんなことを考えていると、馬車が道から外れ、草原で止まった。

「ここで夜営にするぞー！」

その叫び声が聞こえた瞬間、俺たちは一斉に馬車から飛び降りた。

「やっとのんびり寝れる～はぁ……準備するか」

馬車から出て、大きく体を伸ばす。

それから他の冒険者と共に、近くにある森へ、火起こしに使う薪を採りに向かった。

「こんなもんかなぁ……」

前が見えなくなるぐらい薪を積み上げて持ち上げると、テントを張っているみんなのもとへ向かう。

「よっと」

みんなのところに戻った俺は、薪を地面に置いた。

「《吸水《きゅうすい》》！」

俺含め、水属性の魔法を使える人たちが木の水分を取り、火属性の魔法を使える人たちが火を起こす。

「さてと。俺のすべきことはやったし、食事にしよう！」

焚火から少し離れた場所に、《無限収納《インベントリ》》から取り出した木製の椅子と机を置き、腰かけた。そして、膝の上にシュガーとソルトを乗せる。

「早速、食べるか」

《無限収納《インベントリ》》から刺身とオークの生肉を取り出すと、同じく《無限収納《インベントリ》》から取り出した石皿の上に載せる。すると、ニナが俺たちに近づいてきた。

「レインはみんながいる場所に行かなくていいの？」

ニナが騒ぎながら食事を楽しんでいる冒険者たちを指差しながら、そう言う。

「俺は誰かと話すのは苦手なんだ。特に、あんな感じで騒ぐのは無理なんだ」

前世含め、人付き合いの経験がほとんどない俺からしてみれば、大人数でバカ騒ぎをするのはハードルが高い。

だが、いずれあの輪の中に入って、笑い合ってみたいと思っている。

街で暮らし、人との交流を増やすことができれば、実現できるのだろうか……

「そう？　なら私と一緒に食べよ」

「ありがとう。はい」

俺は《無限収納《インベントリ》》から椅子を取り出すと、横に置いた。

「ありがと」

ニナはニコッと笑い、椅子に座った。

「……なんか、いいものだな」

俺はそう呟いた。

夜空の下で、美女と一緒に食事をする。そんな日が来るなんて思いもしなかった。

長い時を生きたせいで、恋愛感情が湧かないのが残念すぎる。

「そうね……あ、それ魚？　食べてもいい？」

ニナは瞳を夜空の星のように輝かせながら、刺身を指差す。

「いいぞ。だが、ちゃんと残せよ。俺の分」

「はーい」

ニナは嬉しそうに返事をすると、自前の木箸で、刺身をまとめてつまんで、頬張った。

容赦ねぇな。一切れしか残ってないよ。

「ちょ、残せと言っただろ！」

「ごめん。まあ、ちゃんと残ってはいるからさ。それじゃ、この辺にはあまりいないミノタウロスの干し肉をあげる」

ニナは石皿に残った一切れの刺身を指差しながら、そう言った。

「く……ま、問題ないけどね」

俺はニヤリと笑い、《無限収納《インベントリ》》から追加で刺身を取り出すと、石皿の上に載せた。

「そ、そんなに食べられないよ……」

ニナは追加された刺身を見て、目を見開いている。

「いや、これは俺の分だからな？」

刺身を指差しながらそう言う。

「わかってる。ちょっとふざけただけよ。軽口叩ける人と出会えて、嬉しくなっちゃって。これまであまり人を信用できなかったから。気軽に話すことはできるんだけどね」

ニナは寂しそうな笑みを浮かべると、夜空を眺めた。

そういえば、仲間に襲われそうになったって言ってたな……

「……そうか」

どう声をかけたらよいのかわからず、俺も夜空を眺めた。

◇◇◇

「ふぁ……よく寝た……」

あくびをしながら起き上がり、岩石で作った即席テントの外に出る。

「……まだ早かったか？」

空を見上げ、そう呟いた。まだ暗く、遠くの空が微かに青白く光っているだけだった。

「……いや、早くはないのか」

他のテントのほうに視線を向けると、そこにはもう片づけを始めている人もいた。どうやら冒険者は早寝早起きが普通のようだ。

俺もこれからは遅寝遅起きの生活をやめてみようかな？　まあ、三日坊主で終わるだろうが……

「俺も行く準備をするか」

即席テントを《無限収納《インベントリ》》にしまい、まだ夢の中にいるシュガーとソルトを抱きかかえる。

「むにゃ……もう食べられないよう……」

ソルトは何かを馬鹿食いしている夢を見ているようだ。

「マスター……ダメですよ……私と結婚だなんて……」

「ぶふっ」

俺は思わず噴き出した。おい、シュガー。お前どんな夢見てるんだよ。

予想の斜め上を行きすぎている。なんとツッコミを入れたらいいのかわからない。

「レイン、おはよう。何かおかしいの？」

出発する準備を終えたニナが俺に近づいてくる。

「いや、なんでもない。それよりも、出発まであとどれくらいだ？」

「今六時って聞いたから、一時間後ね。それまでは準備と朝食の時間よ」

「わかった。ソルト！　シュガー！　食事にするから起きてくれー」

腕の中で寝ているシュガーとソルトを揺さぶって起こす。

「ふぁ！　ご主人様！　おはよう！」

「マスター……おはようございます……」

ソルトとシュガーは眠たそうな顔をしながら目を覚まし、地面に下り立った。

「じゃ、食事をするぞー」

俺たちは出発に向けて活力を得るため、食事を始めた。


「……暇だな」

馬車に揺られながら、そう呟く。

「昼前には到着するから、あと少しよ」

「俺は何かしていないと気が済まない人間なんだ。だから、こういう何もできない時間というのは、苦痛以外の何ものでもないんだよ」

深く息を吐く。狭い馬車でただ待ち続ける。本当に苦痛だ。

「ま、あと少しなら我慢するか……ん？」

俺は森の中から、こっちに近づいてくる魔物の気配を感じ取った。距離は二百メートル、数は……七体だな。

「森から魔物が近づいている。距離は二百メートル。数は七体」

みんなに魔物が来ていることを伝えた。だが……

「気のせいじゃない？　前回もそう言って何もいなかったんだし」

ニナの言葉に、違和感を覚える。

一瞬、前回……？　と思ったが、彼女が言っているのは、恐らく森の中で俺が察知したオークの群れのことだろう。あの時ちゃんとオークはいたのだが……

そうだった。みんなの記憶を消したんだった。

《聖域結界《サンクチュアリフィールド》》を使ったことを隠すために、俺は五人に《記憶消去《メモリーイレーサー》》を使って、直近の記憶を消してしまった。

そのせいで、みんなは俺がオークを察知したことは覚えているが、そのあとにオークを発見したことは覚えていないのだ。

これどうしたらいいんだろう……

俺が頭を抱え、考え込んでいると——

「魔物が来るぞー！」

残り百メートルになったところで、他の人が魔物の接近に気づき、みんなに知らせた。

その直後、一斉に冒険者たちが馬車から降りた。

俺も、シュガーとソルトを馬車に残して、飛び降りる。

「まさか本当にいるなんて……」

ニナは少し驚きながら、そう言った。

「前回はミスったけど、《気配察知《けはいさっち》》は得意なんだ」

そう言いながら、ダークを構える。

森から七体のミノタウロスが現れた。一体だけ角が金色に光っている。

「亜種《あしゅ》とかか？」

そう思いながら、《鑑定《かんてい》》を使った。

【？？？】

・年齢：38歳　・性別：男

・種族：キングミノタウロス　・レベル：218

・状態：健康

（身体能力）

・体力：18800／18800　・魔力：13200／13200

・攻撃：19600　・防護：18100　・俊敏：14700

（パッシブスキル）

・怪力：レベル7

（アクティブスキル）

・体術：レベル4

「キングか……」

確かにあの黄金の角は、キングと呼ぶのにふさわしい。

「キングミノタウロスがいるぞ！　早い者勝ちだー！」

「絶対あいつの角を手に入れてやる！」

だが、ここにいる冒険者は全員あいつの倍以上のレベルだ。そのせいか、みんなあいつのことを金と認識しているようだ。

そして、一斉にキングミノタウロスに襲いかかった。あの角を手に入れるために。

その様子に、俺は若干引いていた。

「ガァ……」

四方八方から斬撃、魔法、矢が飛んでくる。そのせいで、キングミノタウロスは僅か五秒で倒されてしまった。

大勢の強者からタコ殴りにされるのを不憫《ふびん》に思ってしまうのは、俺だけだろうか……まあ、俺も大量の魔物を圧倒的な力で瞬殺してきたので、人のことは言えないが……

そのあと、残った六体の普通のミノタウロスも瞬殺され、戦いが終わる。

戦闘はめっちゃスピーディーに終わったのだが、このあとに行われた素材の分配で、めちゃくちゃ揉めた。

「俺が角を手にするんだぁ！」

「いや、俺だ!!」

「俺の攻撃が当たって倒したんだから、俺だろ！」

叫び声を上げるみんなに、俺はまたもや引いたよ。

「私が手に入れる！」

ちなみに、ニナもそこに混ざっていた。一歩も引かない目をしながら。

だが、最終的にディンリードが無言の圧をかけたことで、争奪戦は強制終了した。そして、角はディンリードが持っていった。

一応あとで全員に金は払うらしいので、ディンリードの一人占《ひとりじ》めというわけではないと思う。

多分。


「あれが街か……」

またしばらく進むと、前方に高い城壁が見えてきた。そして、門の前には行列ができている。

しかし、馬車はその行列の横を通り、門の前で止まった。

「あれ？　並ばなくていいのか？」

俺は横の列から飛んでくる視線を気にしながら、そう言った。

「貴族は並ばずに通ってもいいってことになってるの。貴族の連れである私たちも同じよ」

「そうか……」

偉い人が得をする。この考えは地球でもティリオスでも変わらないようだ。

まあ、そのお陰であの列に並ばずに済んだんだけどね。

「話はこれくらいにして、馬車から降りましょ」

ニナはそう言うと、馬車から飛び降りた。

「そうだなっ」

俺もニナのあとに続いて馬車から飛び降りる。そして、ソルトとシュガーを両肩に乗せた。

「さぁ、門の中に入りましょう。私は冒険者カードを見せれば入れるけど、レインはまだ持っていないから、代わりに昨日ディンリード様からもらった通行証を衛兵に見せるといいわ」

ニナはそう言うと、先へ進んでいく。

「ああ。わかった」

俺は《無限収納《インベントリ》》から今日限り有効の通行証を取り出し、ニナに続いた。

門の前にいる衛兵に無言で通行証を見せ、荘厳な門をくぐってメグジスに入る。

「おお。異世界って感じがする」

メグジスの街並みを見て、思わず子供のようにはしゃいでしまった。

門の中に入ると、まず目の前に石畳で造られた幅の広い道があり、その道は先のほうにある館へと続いていた。道の両側には石造りの建物がずらりと並んでいる。

「ふふっ意外と子供っぽいところもあるのね」

ニナはそんな俺を見て、クスッと笑う。その瞬間、俺は羞恥心《しゅうちしん》で顔を真っ赤にした。

「こ、こういう街に来たのは初めてなんだ。それで少し興奮していただけだ」

視線をそらしながら、慌ててそう言う。

こんなところを見せてしまうなんて……不覚っ！

「わかったわ。これから、冒険者ギルドに行きましょ。さっきもらってきた依頼達成証明書を出しにいかないといけないし、レインは冒険者登録をしないといけないでしょ？」

「ああ。ディンリード様から生活費として多少のお金をいただいたとはいえ、早めに稼げるようにしないとすぐになくなってしまうからな」

俺は昨日、ディンリードから生活費として銀貨二枚をもらっている。

ちなみに、この世界のお金の単位はセルだ。

そして、硬貨の価値は、小銅貨が十セル、銅貨が百セル、小銀貨が千セル、銀貨が一万セル、小金貨が十万セル、金貨が百万セル、白金貨が一千万セルとなっている。

「そうね。行きましょ。私についてきて」

「わかった」

俺はシュガーとソルトを肩から下ろして抱きかかえると、ニナと共に冒険者ギルドへ向かった。


冒険者ギルドへは、歩いて五分程で着いた。

石造りの三階建ての建物で、入り口のドアの上に剣の形をした看板がついている。そして、中からは笑い声が聞こえる。

俺はニナのあとに続いて、冒険者ギルドの中に入った。中はかなり広い。

右側には食堂兼酒場のスペースがあり、今は昼時ということもあってか、多くの人で賑《にぎ》わっている。左側には受付が五つあり、制服姿の人間が、次々やってくる冒険者の対応に追われていた。

ニナと共に受付に並ぶ。

そして、数分待ったところで俺たちの番になった。

「あ、ニナさん。依頼が終わったんですか？」

「ええ。はいこれ」

ニナは腰のポーチから依頼達成証明書を取り出すと、受付の女性に手渡した。

「……はい。これで依頼達成になります。お疲れ様でした。報酬金は預かりましょうか？」

「ええ。お願い」

ニナは腰のポーチから、次は金色に輝く名刺サイズの冒険者カードを取り出すと、受付の女性に手渡した。

「……はい。これで大丈夫です」

受付の女性は何かの作業をすると、カードをニナに返した。

「あと、横にいるレインの冒険者登録をしてくれない？」

「わかりました。では、こちらの用紙の必要事項に記入をお願いします」

そう言われて渡された用紙には、名前、天職、主な戦闘方法を書く欄《らん》があった。

レイン、錬金術師っと。主な戦闘方法は……剣にしとくか。

用紙と一緒に渡された鉛筆を手に取り、用紙に必要事項を記入する。

「こ、これでいいですか？」

コミュ障を発動させつつも、用紙を受付の女性に手渡した。

「……はい。これで大丈夫です。それでは冒険者についてご説明しますね。冒険者は、S、A、B、

C、D、E、F、Gの八つのランクに分かれています。Sが一番上で、Gが一番下です。依頼は、奥にある掲示板から依頼票を剥がして、受付に持ってくることで受けられます。受けられる依頼は自分のランクよりも一つ上のランクまで。ランクを上げるかどうかは、こちらが判断いたします。ただし、依頼を達成できなかった時には、違約金《いやくきん》が発生する場合がありますので、ご注意ください」

「わかりました」

受付の女性の言葉に頷く。

それにしても、こんな簡単な説明を聞くだけで職に就《つ》けるだなんて、日本では考えられないことだよな。

前世の記憶では、簡単に就ける職程ブラックなイメージがあるが、冒険者はどうなのだろうか……って、命の危険がある時点でブラックどころじゃないか。

「では、こちらが冒険者カードになります」

「あ、ありがとうございます」

手渡された冒険者カードは銅色に光り輝いており、中央にレイン、その下にGランクと書かれていた。

「それじゃあ、あそこでご飯を食べたら、早速一つ依頼を受けてみましょう」

「……他のところにしないか？　あそこは人が多すぎてちょっと……」

人と過ごすことにまだ慣れていない俺に、いきなりあそこはキツい。せめて、もう少し段階を踏んでいきたい。

「はぁ……そんなこと言ってたらこの先やっていけないわよ」

ニナはため息を吐くと、俺の外套を引っ張って、強引に食堂へと連れていった。

「わ、わかったから引っ張らないでくれ。自分の足で歩くから！」

だが、抵抗も虚しく俺は食堂へ連行されてしまった。


「とりあえず、周辺の地理を教えるわね」

食事を終えると、ニナは腰のポーチから折りたたまれた地図を取り出し、机の上に広げた。

地図は、見た感じ中世ヨーロッパレベルの精度のようだ。大まかな場所はわかるが、細かい距離まではわからない。そんな感じだ。

「まず、今私たちがいるメグジスは、ムスタン王国の領土なの。そして、その西にあるのが、レインがいたディーノス大森林よ」

ニナは木のマークが描かれた場所を指差しながら、そう言った。

「ふむ……あの森は南に海、北、西、東に一か国ずつ国があるのか……」

「ええ。西にダルトン帝国、東にムスタン王国、北に神聖バーレン教国があるわ。それで、この三か国は凄く仲が悪いの。ここから他の二か国に行こうとすると、スパイと疑われて連行されることがあるらしいわ。そして、そこそこの確率で冤罪《えんざい》で逮捕される。もし、行くことがあったら、怪しまれるような行動は取らないようにするべきね」

「まじかよ……」

国境超えるだけでスパイ容疑とかとんでもねぇな。行く機会があったら気をつけよう。

それでも、もし連行されそうになったら、相手の記憶を少し消すことで対処しよう。

冤罪で逮捕される可能性があるのに、素直に連行される程、俺はアホではないからな。

「それで、ここ。メグジスは見ての通り、辺境の街よ。ここから王都へは馬車で十二日。隣の街に行くだけでも馬車で三日はかかるの。ただ、初心者向けの狩場が多いし、治安もかなりいいから、冒険者になりたての人には一番オススメできる街よ。この周辺には強い魔物は出ないから、ここで色々なことに慣れたら、すぐに王都へ向かうべきね。王都周辺には、様々な種類の魔物が出てくる森とダンジョンが複数ある。更に、国立図書館もあるわ。そこで錬金術について調べてみるのはどうかしら？」

「なるほどな……そうしたほうがよさそうだ」

ニナのお陰で、今後の予定をスムーズに決めることができた。

「さて、地理も確認したことだし、早速依頼を受けてみましょう」

ニナは地図を折りたたみ、腰のポーチにしまうと立ち上がった。

「そうだな。だが、初めての依頼だから、なるべく簡単なのにしたいな」

よっこらせと立ち上がり、そう言う。

掲示板に向かっていると、近くの席で酒を飲んでいた三人のガラの悪い冒険者が絡んできた。

近づかれると臭いな……ちゃんと体洗っているのか？

あ、でもこの世界だと仕方ないか。最初に女神様に入れられた知識によると、風呂があるのは裕福な家だけだ。公衆浴場もあるらしいが、面倒で行かない人もそこそこいるようだし。

そんなことを思っていると、三人の内の一人が一歩前に出てきた。

「お前新人なのか？　新人はまだ森には行かないほうがいいぜ。魔物が出るからな。街で下水道の掃除をすることをオススメするよ」

タチの悪い先輩冒険者を新人の俺がぶちのめすという、ありがちなシーンを演じる時が来たのか？　と一瞬思ったが、そんなことあるわけないか。まあ、そうだよな。

それは前世で読んだ小説だし、そんなやつと遭遇するなんてそうそうあるわけが――

「お前の実力を見せてもらうぞ」

「何分持ちこたえられるかなぁ」

あ、あれ？　やっぱこうなってしまうのか？　これが、テンプレというものなのか。

俺は思わずニナのほうをチラッと見た。

返り討ちにしちゃえ！　というジェスチャーをしている。

「まあ、安心しろ。俺は《回復《ヒール》》が使える。ある程度の怪我は治してやるよ。さあ、奥にある訓練場に行こうか」

チンピラが言う。にこやか〜な顔をしながら、右肩に手を乗せてくるこいつに、俺は苦笑いしかできなかった。

ちなみに、こいつのステータスを覗き見してみたのだが、どこにも光属性の魔法が使えるとは書かれていなかった。

腕を引っ張られ、ギルドの奥へ連行される。ギルド職員が助けてくれるかな～と思ってもみたが、混んでいるせいで、誰も俺のことには気づいてくれなかった。

ま、助けてくれないほうがありがたいんだけどね。折角のテンプレなんだから楽しもう。

俺の邪悪な笑みに、気づく人はいない。これは、幸か不幸か……

訓練場に連れていかれた俺は、お昼寝をしているシュガーとソルトをニナに預け、絡んできた三人の内の一人とまず戦うことになった。

「俺は手加減をするために、素手で戦うぜ」

男性は腕の筋肉を見せつけながら、そう言った。確かに筋肉は俺よりもある。

格闘系の天職は筋肉がつきやすいらしいので、その影響なのだろう。

実際、こいつの天職は格闘家《かくとうか》だった。確か、格闘家は拳闘士《けんとうし》の下位職だった気がする。天職にも、残念ながら上位下位というものが存在するのだ。

人は生まれながらに平等ではない。悲しいなぁ……

「俺も素手で戦うよ。武器なんて、持っても持たなくても、戦いの結果は変わらないからな」

そう言い、男の前に立つ。

「へっ、確かにそうだなぁ！　どう転んでも、結果は俺の勝ちだ！」

男は構え、一気に俺との距離を詰める。そして、拳を上に振り上げた。

それに対し、俺が取った行動は――

「へっくしゅん」

そう。くしゃみだ。

鼻に両手を当て、大げさに前かがみになって、くしゃみをした。

「うおっ⁉」

拳は空を切り、そのまま男は体勢を崩す。

その足元には高さ十センチ程の土壁ができていた。

それは、《土壁《アースウォール》》で作られたもので、《土壁《アースウォール》》はその名の通り、土でできた壁を作り出す土属性魔法だ。

あれ？　ついさっきまでなかったよな？　あの一瞬で、一体誰が作ったのだろうか……

という冗談はさておき、この土壁を作ったのは、もちろん俺だ。

体勢を崩した男は、前かがみになっている俺の後頭部に、顔面が当たるような軌道で倒れ込む。

よし、距離、角度ともに、ばっちり計算通りだ。

そして、俺は後頭部に男の顔面が当たる寸前で、勢いよく頭を上げた。

「がばぁ！」

男はそのまま地面に倒れ、気絶した。

「え～と……こいつはどうしたんだ？　俺、何かしたか？」

心の中で大爆笑をしつつも、とぼけるように、残り二人に尋ねる。

これが俺が即興で作り出した作戦の一つ。『そこで躓《つまづ》くのは危ないよ（笑）』だ。

「がははははっ！　間抜けすぎるだろこいつ」

「奇跡が起きたな」

二人は今の戦いを見て、大爆笑している。

一方で、ニナは俺が何をしたのかに気づいたようで、目を見開いていた。

「負けたまま終わるのは癪《しゃく》だからな。自滅して、そのまま気絶した哀《あわ》れなこいつに代わって、俺が潰す」

さっきの男よりも若干筋肉がある男がそう言って、俺の前に立った。ちなみに、こいつの天職も格闘家だ。

「ふっふっふ。俺の戦闘力は53万だ。覚悟するがいい」

と、レベル53の方が申しております。

「じゃあ、俺の戦闘力は1万ぐらいですかね？」

レベル10000の俺は訓練場にあった木剣を、弱々しい構えで持つと、そう言った。

「確かにそのぐらいだろうな。相手と己の力の差を見極める能力は評価してやる」

男はそう言うと、ゆっくりと近づいてきた。

そして、目の前に来たところで、右拳を俺の顔面に振り下ろす。

「うわっ！」

俺は後ろに倒れて尻もちをついた。そして、その拍子に手放した木剣が宙を舞う。

「まさか尻もちをつくとはな。そして、剣を手放すなんて。マジの間抜けだな――ぐあっ！」

俺が手放した木剣の持ち手が、丁度男の首に命中した。

男は気絶し、そのまま地面に倒れた。

「な、何が起こったんだ……」

俺はまたもや心の中で大爆笑しつつも、目を見開き、怯えた表情をしてみる。

この作戦は名づけて、『剣から目を離しちゃダメだぞ！（笑）』だ。

「はぁ……何やってんだよこいつらは」

最後に残った男がため息を吐きながら、俺に近づいてきた。

「運勝ち野郎が、調子に乗るなっ！」

男が尻もちをついている俺に、殴りかかってくる。

これは俺の実力を知るために、君たちが仕掛けてきたことなんだけどなぁ……

目的を完全に忘れている男に、俺はため息を吐いた。

「最後は普通に潰してやるか」

そう呟いて、素早く立ち上がる。そして、男性の拳を小指で受け止めた。

「なあっ⁉」

男は目の前で起きたありえない光景に驚愕し、叫び声を上げる。

「じゃ、眠っとけ」

俺はニコッと笑うと、男性の右腕を掴んだ。そして、地面に勢いよく叩きつける。

「ガハッ‼」

男はあっけなく、気絶してしまった。

「は～面白かった」

テンプレを存分に楽しんだ俺は、満足しながら木剣をもとの場所に戻すと、ニナに駆け寄る。

「結構面白かったわ。それにしても、最初の二つ、あれ実はかなり難易度の高い技よね？　私には無理だわ」

ニナは笑い、涙を目に溜めながら、そう言った。

「剣術において、間合いの見極めや相手の動きを読むことはめちゃくちゃ大事だからな」

間合いの見極めができなければ、ダークにブチ切れられる。相手の動きが読めなくても、ダークにブチ切れられる。

そんな状況下で何百年も剣術特訓を続けていれば、あれくらいは朝飯前なのだ。

「ふふっ。剣神の称号を持つ人が言うと、説得力があるわね。じゃあ、こいつらはほっといて、依頼を受けにいきましょ」

「そうだな」

俺は頷くと、ニナと共に訓練場の外に出た。そして、そのまま掲示板に直行する。

「……魔物の討伐よりも薬草の採取や街のお手伝いの依頼のほうが多いんだな」

「そうね。ここでは魔物の討伐依頼よりも、そっちのほうが需要《じゅよう》があるの。それで、この中であなたに向いていそうで、一番簡単な依頼はこれね」

ニナは一枚の依頼票を指差した。

「え～と……ゴブリンを十体討伐する依頼か。確かに簡単そうだな」

ゴブリンなんて、今の俺ならドラゴンが蟻《あり》を踏み潰すかの如く、簡単に倒せてしまうだろう。

「よし。初めての依頼はこれにしよう」

ゴブリン討伐の依頼を受けると決めた俺は、その依頼票を剥がした。

「あとはこれを受付に持っていけばいいんだな？」

「そうよ。じゃあ、行きましょう」

俺たちは掲示板から離れると、受付へ向かった。

「この依頼を受けます」

依頼票を受付の女性に手渡す。

「はい。では、冒険者カードの提示をお願いします」

「どうぞ」

俺は《無限収納《インベントリ》》から冒険者カードを取り出すと、受付の女性に渡した。

「……はい。ありがとうございます。それではお気をつけて」

受付の女性は依頼票にハンコを押すと、冒険者カードと一緒に俺に手渡した。

「ありがとうございます」

礼を言い、ニナと共に冒険者ギルドの外に出る。

「ふぁ～よく寝た～」

「ん……あ、マスター……」

街の出入り口である門の前に立ったところで、ずっとニナに抱かれて寝ていたソルトとシュガーが目を覚ました。

「起きたか。ニナ、ソルトは俺が抱っこするよ」

ずっと二匹を抱いていて、流石に辛くなってきたかな？　と思った俺は、ニナにそう言った。

「じゃあお願い」

「わかった」

ニナの腕の中にいたソルトを抱き上げ、自分の左肩に乗せる。

「それじゃ、行くか」

「そうね」

俺たちは門をくぐり、街の外に出た。


「ん～と……あそこの森でいいんだよな？」

道の横に広がる草原の奥にある森を指差す。

「そうよ。あの森でよく出てくるのはゴブリンとオーク。たまにフォレストウルフも出るわね」

それらは全て、ディーノス大森林で見つけた魔物の中では最も弱い。なんだか懐かしく感じる。

「なるほどな……では、さっさとあそこに行って、依頼をするか。あ、だがその前にシュガーとソルトは地面に下りてくれ」

「はーい！」

「わかりました」

ソルトとシュガーは元気よく返事をすると、地面に下り立った。

「それじゃ、首輪を外すから、スキルを解除してくれ」

そう言って、ソルトとシュガーの首輪を外す。

その直後、二匹はどんどん大きくなり、やがてもとの大きさに戻った。

「え、何があったの⁉」

ニナは口に手を当て、目を見開いている。

警戒されないようにと、二匹の見た目を小さくしていたが、ニナの前では本当の姿を見せても問題ないだろう。

「シュガーとソルトはスキルで体を小さくしているんだ。たまにはもとの大きさに戻して遊ばせたほうがいいと思ってな」

そう言って、ソルトにまたがる。

「ニナも乗ってくれ。あそこの森までサクッと行くぞ」

「え、ええ。わかったわ」

ニナは困惑しつつも、シュガーにまたがった。

「シュガー、ソルト。程よい速さであそこの森に向かってくれ」

「わかったー！」

「わかりました」

二匹は頷くと、程よい速さ（時速四十キロ）で前方に広がる森へ向かって走り出した。

「よっと。ありがとな」

森に着いたのでソルトから降り、頭を優しく撫でた。

「わふぅ～気持ちいい……」

ソルトは気持ちよさそうに目を細めている。やはりこれが、俺にとっての一番の癒しだ。

「ふふっ、楽しかった」

ニナもシュガーから降りると、満足げな表情をした。

「さてと……ゴブリンがここから五十メートル離れた場所に十二体いるな」

《気配察知《けはいさっち》》を使い、ゴブリンの位置と数を正確に把握する。

「そうね。行きましょう」

「ああ」

俺たちはゴブリンがいる方向に向かって歩き出した。

「あれか……」

木の裏から様子をうかがう。視線の先にいるのは、獲物を探してさまよっているゴブリンの集団だ。

「そうね。ただ、やつらの討伐証明部位は右耳だから、そこはなるべく傷つけないようにね」

「わかった……ん？　待てよ？」

いいことを思いついてしまった。

「やってみるか」

ものは試しだ。思いついたことを実践するべく、俺は木の陰から飛び出した。

「はっ！」

ダークで十二体のゴブリンの右耳のみを根元から斬り落とすと、それらを《無限収納《インベントリ》》に入れる。

そのあと、ダークを鞘に戻して、ニナのもとに戻った。

ここまでにかかった時間は二秒。

ニナの前で人間離れしたえげつない動きはできないが、それでも二秒は割と速い。

「これって討伐したことになるのか？」

ニヤリと笑いながら、《無限収納《インベントリ》》から取り出したゴブリンの右耳を見せつける。

「はぁ……どうしたら、そういう発想が頭に浮かぶのかしら……」

ニナは驚きを通り越して、呆れていた。

「確かにそれなら討伐したことになるでしょうね。ただ、右耳だけがないゴブリンを他の人が見たら騒ぎになるわ！　だから、ちゃんと討伐してね」

「わ、わかった……」

ニナの視線を受けて、俺は目を逸らしながら頷いた。楽しようとして、すいません……

まあ、確かに右耳だけないゴブリンってなんか不気味だよな。そんな集団を森の中で見つけたら二度見どころか、五度見する気がする。

「しょうがない、処理するか。《結界《けっかい》》、《獄炎《ごくえん》》」

俺は《結界《けっかい》》で右耳をなくして痛がっているゴブリンの集団を閉じ込めると、その中に《獄炎《ごくえん》》を放って、灰にした。

「火属性の上位魔法も使えるのね……なんかもう驚き疲れちゃった。凄いわね～」

ニナは感情のこもっていない声で、そう言った。

俺が使える中では中の下くらいの威力の《獄炎《ごくえん》》でも、この世界の人からしてみれば割と凄い魔法のようだ。

「そうか……なんかスマン」

とりあえず謝って、任務も完了したことだし、みんなと一緒にメグジスに戻った。

メグジスに戻り、小さくなったシュガーとソルトを抱えているニナと共に、冒険者ギルドの中に入る。

「あ……」

「あ……」

ギルドの中に入ると、さっき潰した冒険者三人と鉢合《はちあ》わせしてしまった。

「お前か。さっきはよくもやってくれたなっ！」

「運勝ちで調子に乗るなっ！」

三人の内、運で負けたと思い込んでいる二人が、懲《こ》りずに殴りかかってくる。

だが、その拳が俺に届く前に、二人は地面に倒れてしまった。

「今はお前らと遊ぶつもりはないんだよ」

倒れた二人を一瞥《いちべつ》し、受付へと向かう。

ふぅ。しれっと魔法を使っちゃったけど、大した騒ぎにならなくてよかった……

闇属性魔法、《睡眠《スリープ》》を使って一瞬で眠らせたことで、周りにはバレなかったようだ。

俺は安堵する。

受付の列に並んで数分後。俺たちの番になった。

「依頼達成の報告に来ました」

《無限収納《インベントリ》》から依頼票、冒険者カード、ゴブリンの右耳十二個を取り出し、受付の女性の前に置く。

「……はい。十二体倒していますので、これにて依頼は達成です。お疲れ様でした」

受付の女性は冒険者カードと一緒に、小銀貨一枚を俺に手渡した。

「ありがとうございます」

俺は礼を言うと、みんなと共に受付をあとにした。

「初めての依頼を達成したけど、小銀貨一枚だと宿に一泊することすらできないよな?」

メグジスの宿は安いところでも一泊小銀貨二枚は必要だ。

ディンリードから銀貨を二枚もらっているので、しばらくは大丈夫なのだが、このペースで金を稼いでいたら、いずれなくなってしまう。

「そうね。ただ、この金額なのは、魔石を採ってくることを想定しているからよ。本当なら、魔石を売って更にお金を稼ぐの」

ニナがジト目で俺のことを見つめてくる。

どうやら魔物を討伐する際は魔石も採るのが普通なようで、街に戻った時にニナが、全て燃やしてはいけなかったと教えてくれた。

「た、確かに完全に消滅させちゃったのは悪かったけど、ニナだって、メグジスに入るまで、魔石のことを忘れてただろ？」

俺は負けじと反論する。

「仕方ないじゃない。剣主体で戦う人があんな魔法を使えるなんて、予想できるわけないでしょ」

「まあ……そうだよな……」

俺は軽く息を吐いた。

俺以外に《刻印《こくいん》》を使える人はいないと思っていたから、魔石に需要なんてないと思っていた。

だが実際は、魔力伝導性の高さを生かして、魔法の威力を上げる魔法発動体の材料にしたり、魔石に含まれる魔力を燃料に魔道具を動かしたりと、色々と使い道があるようだ。

ゴブリンの魔石は質が悪いので、大した値段にはならないが、それでも一個で小銅貨六枚になる。

「ん……あ、手持ちの魔石を売ればいいかな？　あの森で倒した魔物の魔石なら多少持っているから」

実際は何十万と入っているのだが、レベル9で使えるようになる《無限収納《インベントリ》》を隠すために、ここは多少と言っておいた。

「それがいいわ。魔石は冒険者ギルドで売れるから、また受付に並びましょ」

「そうだな」

頷き、再び受付の列に並ぶ。

「この魔石を売ります」

数分後、俺は受付の女性の前に、ゴブリンの魔石十個、オークの魔石十五個、フォレストウルフの魔石十個を置いた。

何故この魔物の魔石を選んだのかというと、さっきの森で出てくる魔物の魔石じゃないと、面倒くさいことになるのではないかと思ったからだ。

「……ゴブリンの魔石は十個なので銅貨六枚。オークの魔石は十五個なので小銀貨三枚。フォレストウルフの魔石は十個なので小銀貨五枚になります」

俺は魔石を売ったことで、小銀貨八枚、銅貨六枚を手に入れることができた。

金を《無限収納《インベントリ》》に入れると、ニナのところへ向かう。

「よし。魔石が売れるなら、ひとまず金で困ることはなさそうだな」

「そうね。じゃあ、今の内にこの街オススメの宿に案内するわ。宿の部屋は早めに取っておいたほうがいいしね」

「そうだな」

俺は頷くと、みんなと共に冒険者ギルドの外に出た。

「私のオススメは冒険者ギルドを出て真正面にあるこの宿よ。名前はワイワイ亭《てい》」

「なんか楽しそうな名前だな」

フッと笑ってから、前方にある二階建ての石造りの建物を眺めた。

「ここは冒険者ギルドにすぐに行けるから、冒険者に人気の宿なの。あと、この宿の一階は食堂兼酒場になっていて、夜になるととても賑やかになるのよ。レインの人嫌いを直すのにはうってつけの場所よ。あ、ちゃんと部屋の壁は防音になっているから、うるさくて眠れないことはないわよ」

「俺、人嫌いってわけじゃないんだけどな……」

ニナの言葉に、頭を掻きながらそう呟いた。

羽目を外して騒ぐことができない俺は、簡単に言えば、肝心なところでノリが悪い人だ。

そして、そのことに俺自身が気づいているからこそ、大勢の人と騒ぐのが苦手なのだ。

コミュ障なだけで別に人が嫌いってわけではない……

「はいはい。わかったから行くわよ～」

「ちょ、待てよ！」

シュガーとソルトを抱えながら、先を行くニナを追いかける。

「お客かい？　一泊小銀貨三枚だよ」

宿に入ると、愛想《あいそ》のいい女将《おかみ》がニコニコしながらそう言った。

「二部屋お願い」

ニナはそう言うと、小銀貨三枚を女将に手渡した。

俺も《無限収納》《インベントリ》から小銀貨三枚を取り出し、女将に渡す。

「まいど。それにしても部屋は同じにしなくてよかったのかい？　ここの壁は防音だから、夜も問題な――」

「ま、まだそんな関係ではありません！」

ニナが顔を赤くしながら、女将の言葉を遮《さえぎ》る。

てか、まだってどういうことだ？　なんでいずれそういう関係になると示唆《しさ》するようなことを言うんだ？　流石に年の差がヤバいと思うのだが……

「そうかい。まだそういう関係ではないのかい」

にやにやしながら話しかける女将に、ニナは更に顔を赤くする。

「わ、わかりましたから早く鍵《かぎ》ください！」

「わかったわかった。応援してるよ。はい、鍵」

女将は楽しそうに笑うと、俺に２０６と書かれた鍵を、ニナに２０７と書かれた鍵を渡した。

「レイン。い、行くわよ」

ニナは俺から視線を背けながらそう言うと、足早に二階へ上がった。

「ニナの意外な一面を見たな」

どうやらニナは恋愛系の話に過剰に反応してしまうようだ。

たまにいるよな。恋愛系の話を始めた途端、態度が一気に変わるやつ。

俺はそんなニナの後ろ姿を、見守ってから、二階へ上がった。

二階に上がると、そこには廊下で立ち止まっているニナの姿があった。

「とりあえず夕方になるまで部屋で休みましょ。夕食を食べにいく時にまた呼びにくるわ」

「そうだな。シュガーとソルトはどっちの部屋で休む？」

今日はニナにべったりだったから、もしかしたらニナと一緒にいたいかな？　と思った俺は、シュガーとソルトにそう尋ねた。

「もちろんご主人様の部屋！」

「私もです。マスター」

ソルトもシュガーも俺と同じ部屋で休みたいようだ。

「わかった。シュガーとソルトは俺の部屋で休みたいと言ってるんだが……」

ニナが二匹のファンになっていることを知っているので、遠慮がちにそう言う。

「《テイム》ね。私も欲しいわ。そのスキル」

ニナは落ち込むのではなく、意思疎通ができることを羨《うらや》ましがっていた。

「まあ、これぱっかりは運だからな。仕方がないよ。俺は長い時を生きてきたが、スキルの数はめっちゃ多いってわけでもないんだ」

頭を掻きながらそう言って、シュガーとソルトと共に部屋の中に入った。

部屋は、窓一つ、ベッド一つ、机一つと、余計なものは一切なく、ただ寝るだけの空間になっていた。

「ま、俺としてはこっちのほうが落ち着くからありがたいな」

ベッドにダイブすると、仰向けに転がり、天井をぼんやりと眺めた。

「ふぅ。やっと喋れるのう」

ニナがいるせいで、ずっと黙り込んでいたダークが、ストレスを発散するかのように喋り出した。

「それにしても、さっきのゴブリンの時は実に無駄のある動きじゃったぞ。剣の向きを変える動作がまだ自然ではない。上達はしておるが、それでもまだまだじゃ。あと、剣を握ったのなら、相手に敬意を払って戦うのじゃ！　いくらあの突っかかってきた冒険者が気に入らないからといって、あんなふざけた戦い方をするでない！　あれなら、剣は使わずにやるのじゃ！　わしに対する冒涜《ぼうとく》じゃーー！」

剣術を異常に愛しているダークに、俺はがみがみと叱られた。

それにしても、ゴブリンの耳を斬り落としたのは結構自信があったんだけどなぁ……。

「ふぅ。それで、人間の街での生活は楽しいか？」

ダークは急に穏やかな口調でそう尋ねる。

「そうだな。何もかもが新鮮で楽しいよ」

俺は弾んだ声で、そう答えた。

◇　◇　◇

「うう。レインの前であんなこと言わないでよ……」

私――ニナは恥ずかしさで顔を赤くしながら部屋に入り、そのままベッドに飛び込んだ。そして、枕に顔を埋《うず》めた。

「下心なしで私と接してくれて、イケメンの彼を好きにならないわけがないじゃない……」

今まで私に近づいてきた男はみな、下心のあるやつばかりだった。

ご機嫌をうかがい、あわよくばベッドに誘う。

悪い意味で冒険者らしい人たちだ。

「ただ、レインとの年の差ってどのくらいなんだろ？」

彼は種族や年齢については何も言っていない。

ただ、剣神の称号を持っていること。

そしてさっき、「長い時を生きてきた」と言っていたこと。

その二つから、彼は何十年、いやもしかしたら何百年も生きているのかもしれない。

長命種はいくつかあるが、その中でも寿命が飛び抜けて長いエルフだと、私は思っている。

「……あの感じ、私のことを異性として見てくれていないわよね……」

まあ、当然よね。あんなに才能がある彼と私じゃ、釣り合わないもの。

「まあ、地道にコツコツ関係を深めていけばいいか。それに、友人みたいな関係でも、楽しければそれでいい。結婚こそが幸せとも限らない。意外にも、友人みたいな関係のほうが気楽でよかったりするしね」

私は仰向けに寝転がると、天井をぼんやりと眺めた。

◇　◇　◇

コンコン。

「レイン、そろそろ夕食を食べにいきましょ」

リボルバーの細かい改良をしていたら、ドアをノックする音とニナの声が聞こえた。

「はーい。今行くー！」

返事をして、リボルバーを《無限収納《インベントリ》》にしまう。シュガーとソルトを両肩に乗せてから、ドアを開けた。

「さ、行きましょ」

「わかった」

俺は賑やかな食事に若干の不安を抱えながら、一階に下りた。

「あ～美味ぇな～」

「やっぱり一日の終わりはこれだなぁ～」

一階の食堂には、既に多くの冒険者がいた。

楽しそうに酒を飲んで酔い、つまみの串焼きを頬張っている。

「なあ、ここで食事をするってことは、この中に入れってことだよな？」

この雰囲気についていけないと判断し、思わずニナにそう問いかける。

「そうよ。早く食べにいこ」

ニナは俺の左手を掴むと、ご機嫌な表情で先へ進んだ。

「ちょ、引っ張るな、引っ張るな！」

だが、抵抗虚しく俺は連れていかれてしまった。

いや、軽く力を入れれば振り払うことはできるよ。

ただ、それをニナにやるのはちょっとなぁ……

「はい、この席！」

そんなことを思っていると、いつの間にか対面式の二人席に来ていた。

「と、とりあえず食事を頼まないとな」

席に座り、メニュー表を開く。だが、数秒眺めたあとに、俺は静かにメニュー表を閉じた。

「あのさ、数が少なくないか？」

このメニュー表に書かれていたのは、酒、オークの串焼き、あたりめの三種類だけ。

値段はそれぞれ、銅貨七枚、銅貨三枚、銅貨二枚だ。

「そうね。まあ、他にメニューがあったとしても、冒険者はみんなこれを選ぶわよ」

「……そうなのか？」

ギルドにいた時も思ったのだが、冒険者の大半は酒を飲んでいた。

それを考えれば、メニューがあれしかなくても、なんら問題はないのだろう。

「じゃ、早速注文しましょ。すみませーん！」

ニナが大声で宿の人を呼ぶ。

「はい。ご注文は？」

「とりあえず、酒と串焼きを！」

ニナはそう言うと、小銀貨一枚を手渡した。

「わかりました。そちらの方は？」

「え～と……俺はとりあえず酒、串焼き三つ、あたりめを頼む」

俺はそう言って、小銀貨一枚、銅貨八枚を手渡した。

「わかりました。では、少々お待ちください」

宿の人は頭を下げると、足早にカウンターのほうへ向かった。

そして、僅か三十秒で酒とつまみが届けられる。

「結構早く来たな」

予想以上の速さに、俺は目を見開いた。メニューが少ないから、準備に手間がかからないのだろう。

「そうね。では、はい！」

ニナはニコッと笑うと、酒が入ったコップを掲げた。

何をしたいのかは、前世ぶりに酒を飲む俺でもわかる。

「ああ。乾杯！」

「かんぱーい！」

俺とニナは、互いのコップをぶつけた。

「ごくごくごく、ぷはぁ～……キンキンに冷えてるな」

久々に飲む酒は最高に美味い。

ただ、俺の体は酒とすこぶる相性が悪い。何故なら、折角のアルコールが、《状態異常耐性《じょうたいいじょうたいせい》》によって消されてしまい、酔うことができないのだ。

悪酔いしないのはいいのだが、ほろ酔いするのは好きだったので、かなり残念だ。

「もぐもぐ……おいしー！」

「ええ。美味しいです」

ソルトとシュガーは、俺が左手に持っている二本の串焼きを、美味しそうに頬張っている。

「ふふっ、可愛い」

ニナはそんなシュガーとソルトを見て、癒されているようだった。

楽しいことは楽しいんだけど、ただな～ここ賑やかすぎるんだよな。

ちょっと前まで静かな森の中で暮らしていたこともあってか、結構応える。

周囲にいる騒いでいる人々を見て、俺は深く息を吐いた。

やはり無理だな。俺はこの場にふさわしくない。そう思った瞬間、右肩に手が置かれる。

振り返ると、そこには本日三度目となる、例の冒険者三人衆がいた。

「よし。お前らー！　俺たちは今からこいつと決闘をする！　この運勝ち野郎を成敗してやるぞー！」

なんかいきなり決闘を申し込まれた。めっちゃしつこいな。

まあ、運勝ち野郎と呼ばれ続けるのも癪なので、力の差を見せてやるとしよう。

「お、決闘か？　よし。スペースを確保しろ！　《回復《ヒール》》の準備を忘れるなー！」

すると、酒を飲んでいたやつらが机や椅子をどかして、戦うスペースを作った。

その動作がやけに手馴れているので、決闘は日常的に起きてるんだなぁ……と思う。

「よっしゃ、やるか」

俺は立ち上がり、男たちのほうを向いた。

「最初は俺が相手だ」

くしゃみをしたら、いつの間にか倒れていた冒険者（笑）が最初に相手をしてくれるようだ。

戦う準備をしていると、俺たちの間に一人の冒険者が立った。

話を聞くに、彼は審判とのことだ。なんでも、審判がいないと決闘が殺し合いになってしまう可能性があるらしい。

「それじゃ、決闘だ！　魔法はなし。スキルもなし。殺しもなし。では、始めっ！」

審判役の冒険者の合図で決闘が始まった。

「おらっ！」

決闘が始まった瞬間、男は素早く俺に近づき、殴りかかってきた。

「よっと」

俺はその拳を容易く受け止め、相手の頭を鷲掴《わしづか》みにする。

「だーれが運勝ち野郎だって～？」

にこやかな笑みを浮かべながら、男にそう問いかける。

「い、いや……その……」

男はいきなり頭を鷲掴みにされたことに、驚きを隠せないようだ。

「ほら、お前の負けだ」

そのまま男の頭を地面に叩きつけて、気絶させることで勝負を終わらせた。瞬殺だ。

「悪いけど、俺、運よりは実力のほうが強いんだ」

残り二人に笑みを浮かべながら、そう言い放つ。

「た、戦いません。棄権《きけん》します……」

「お、俺は最初から戦うつもりなんてなかったからな？」

どうやら二人は俺と遊んでくれないようだ。まあ、こいつらと戦ったところで面白味はもうないからいいけど……

「この勝負、白髪の兄ちゃんの勝ちだ！」

こうして、俺の勝ちが決まった。

もうこれ以上面倒くさいやつに絡まれることもないだろうと安堵したのだが……

「さっきの勝負、最高だったぜ」

「よう。お前強いな。名前は？」

「さあさあ。勝利後の酒は美味いぞ～」

とまあこんな感じで、俺はいい意味で絡まれることになってしまった。

最初は彼らの言葉に苦笑いで返していたが、食事が終わる頃には、スムーズに質問に答えることができるようになっていた。

ありがとう。俺に勝負を挑んできたテンプレの冒険者よ。

俺はこれからも、コミュ障を直せるように頑張るよ。

第七章　変異種って何それ強いの？

「あ〜、昨日は頑張ったな〜」

次の日の朝。時間は大体、午前十時くらいだろうか。

目を覚ました俺はベッドの上で転がりながらそう呟いた。

たっぷりと寝たはずなのに疲労感が残っている。

あれから俺は日付が変わるギリギリまで、あの騒ぎの中心にいた。

体力的には問題ない。だから、今感じているのはただの気疲れだろう。

「さてと……シュガー、ソルト、朝だよ」

俺はベッドの隅で丸くなって寝ている二匹を起こしながら起き上がり、ダークを身につけ、靴を履き、外套を羽織った。

「ふぁ……あ、ご主人様……おはよ……」

「ま、マスター……おはようございます……」

ソルトとシュガーは眠たそうな顔をしながら起き上がり、ベッドの上を転がって、俺のもとに来た。ベッドの上をゴロゴロと転がる様子に、また癒される。

「おはよう。ニナが来るまで暇つぶしに銃弾でも作ろうかな」

銃弾は、形や大きさを細かく調整しなければならないので、一つ作るだけでも意外と時間がかかる。

俺は《無限収納《インベントリ》》から鉛《なまり》、銅、亜鉛《あえん》を取り出すと、早速銃弾の製作に取りかかった。

まず、《錬成《れんせい》》と《金属細工《きんぞくざいく》》で鉛を銃弾の形にする。

次に出来上がった鉛の銃弾を、銅と亜鉛の合金で覆えば完成だ。

これは謎に持っていた前世のうろ覚えの知識を試しまくって、ようやく完成した銃弾だ。この応用でアダマンタイト製の銃弾を製作することができるのだが、コストが高いので、作ったのは二つだけだ。

「もう一つ作るか～」

そう思い、鉛に手を出した瞬間――

『《錬成《れんせい》》のレベルが10になりました』

『《錬成《れんせい》》は《錬金術《れんきんじゅつ》》に進化します』

「ん？　スキルが進化？」

そんなこともあるんだと思いながらステータスを見てみると、《錬成《れんせい》》レベル10が、《錬金術《れんきんじゅつ》》レベル1になっていた。

「他のスキルに比べて《錬成《れんせい》》のレベルがやけに上がりやすかった理由はこれかぁ……」

どうやら進化するスキルは、レベルが上がる速度が速いようだ。

「で、《錬金術《れんきんじゅつ》》は……なるほど。あらゆるものを合成、分離したり、形を変化させることができるのか」

最初は新しく習得したスキルや魔法がどんなものか発動して試していたが、修業の途中でステータスを詳しく見られることに気づいた。

それにしても、今までは限られたものにしか使えなかったので、この進化は純粋に嬉しい。

「なるほどな。これを使えば、ポーションなんかが作れるんじゃないか？」

前世の知識を頭に思い浮かべる。だが、今は作れない。

だってレシピを知らないもん。

コンコン。

「レイン。ご飯食べよー！」

ニナが俺を呼びにきてくれた。

「はーい。今行くー！」

返事をしたあと、ものを片付け、鍵を持ち、シュガーとソルトを両肩に乗せてからドアを開けた。

「おはよう。待たせたかしら？」

「いや、丁度いいタイミングだったぞ」

「そう？　よかったわ。じゃ、行きましょ」

「わかった」

俺は部屋に鍵をかけると、みんなと一緒に一階に下りた。

「今日は何する？」

「そうね……メグジスでレインが学べることはもうなさそうだから、王都へ向かう行商人の護衛依頼を受けて、移動しましょう」

「そうだな」

朝食を食べ、宿を出た俺たちは、冒険者ギルドへ向かった。

冒険者ギルドに入った俺たちは、掲示板に直行する。

「……あのさ、ランク不足で受けられないよな？」

掲示板に貼ってあった護衛依頼は、全てDランク以上からと書かれていた。

俺の現在のランクはGなので、受けることができない。

「大丈夫よ。募集ランクよりも二つ以上、上のランクの冒険者がパーティーにいれば、募集ランクより下の人を二人まで連れてってもいいことになってるの。だから受けることができるわ」

そう言って、ニナが依頼票を取ろうとした瞬間、冒険者ギルドの入り口の扉が勢いよく開いた。

「はぁはぁ、大変だ！　森にめっちゃ強いオークの変異種が現れた！　ノイズが……Cランク冒険者が二人やられた！」

満身創痍《まんしんそうい》の冒険者の叫び声に、ギルドの中にいた人間はみな動揺していた。

「まずいわね。Cランク冒険者はここのギルドでは最上位のランクなの。彼らが勝てないとなると、私やレインが出たほうがいいわ。ディーノス大森林の調査隊の人たちは、もうメグジスにはいないだろうし……」

「そうだな」

俺たちは頷き合い、入り口で膝をついている冒険者に駆け寄った。

「詳しく話を聞かせてくれないかな？」

ニナが問いかける。

「……赤い瞳を持ち、全身が真っ黒なオークだった。手に黒い大剣を持っていた。あと、異常な程に好戦的だった……」

冒険者は、思いのほか冷静に話をしてくれた。命の取り合いを生業《なりわい》としているからこういう状況に慣れているのだろう。

「わかったわ。私は依頼で一時的にこの街に来ているAランク冒険者なの」

ニナは冒険者カードを見せると、そう言った。

周囲にいる冒険者たちは、ニナのランクを聞いて、更に騒ぎ出す。

「Aランクだと……」

「初めて見たぜ……」

騒ぎの中、ギルドの職員がニナのもとへ駆け寄った。

「あなたに緊急の依頼を出してもいいですか？」

「ええ。あと、私はここにいるレインとパーティーを組んでいるから、レインにも出して」

「わかりました」

ギルドの職員は頷くと、腰のポーチから紙と鉛筆を取り出した。

「依頼内容はオークの変異種の討伐。報酬金は小金貨一枚です」

職員は紙に依頼内容と報酬金を書き込み、ハンコを押してからニナに渡す。

「あと、可能であれば犠牲となった冒険者の遺品の回収もお願いします」

職員は頭を下げると、そう続けた。

「わかったわ。行くわよ、レイン」

「ああ」

俺たちは駆け足で冒険者ギルドから出ると、そのまま街の外にある森へ向かった。


「結構、奥のほうなんだな」

「森の奥のほうが強い魔物が出る傾向にあるわ」

俺たちはもとの大きさに戻ったシュガーとソルトに乗りながら、先程の冒険者から聞いた場所に行く。

「……いた！」

前方に、赤黒く、禍々《まがまが》しい魔力を纏《まと》う漆黒のオークが見えた。

右手には、体と同じ色の大剣を持っている。

「見たことないオークだな。《鑑定《かんてい》》」

俺は《鑑定《かんてい》》で、変異種のオークのステータスを見た。

【？？？】
・年齢：21歳　・性別：男
・種族：オーク　・レベル：444
・状態：邪龍《じゃりゅう》の加護《かご》

〈身体能力〉
・体力：33600／33600　・魔力：71100／71100
・攻撃：20600　・防護：30100　・俊敏：29200

〈魔法〉
・風属性：レベル4

〈パッシブスキル〉
・威圧《いあつ》：レベル4

〈アクティブスキル〉

・邪剣《じゃけん》：レベル４

「は⁉」

オークらしからぬステータスに、俺は目を見開き、驚いた。

そして、俺はその原因らしきものに視線を移した。邪龍の加護ってなんだよ……

邪龍がなんなのかはわからないが、少なくともいいやつではなさそうだ。

「レインはステータスが見える？」

ニナが俺に問いかける。話を聞くに、どうやらあいつが身に纏っている魔力がニナの《鑑定《かんてい》》を妨害しているようだ。まあ、レベル10の《鑑定《かんてい》》を持つ俺には無意味だったけど。

「ああ。４４４っていうオークらしからぬレベルだよ。上位種でもない。あと、風属性の魔法を使う」

「そんなオークは初めて見たわ。まあ、倒すだけね。《炎槍《フレアランス》》！」

ニナはシュガーから降りると、前方にいるオークに三本の炎の槍を放った。

「グアアァ！」

オークが炎の槍に気づき、《風壁《ふうへき》》で防ぐ。

「わお。あれ防ぐんだ」

ニナは防がれるとは思っていなかったのか、少し動揺している。

「あいつ、魔力だけ異常に突出してたからな……って、来るぞ！」

俺がそう叫んだ瞬間、オークは無数の《風斬《ふうざん》》を放った。

「《結界《けっかい》》！」

俺はソルトから降りると、《結界《けっかい》》で自身とニナを覆い、風の斬撃を防ぐ。

「ありがと。魔力が多いのは厄介だね。《炎槍《フレアランス》》！」

ニナがこっちに向かってくるオークを《炎槍《フレアランス》》で攻撃しながら、そう言う。

「そうだな。ただ、このオーク。自身の力に振り回されているような気がするんだよな。魔法の精度は低いし、動きがどこかぎこちないしさ」

もし、この力をまともなやり方で手にしたのならば、成長する過程で、魔法の精度や動きはよくなっていくはずだ。しかし、こいつは不自然だ。

となると、邪龍の加護とやらで、いきなり大きな力を持ったと考えるのが妥当だろう。

「反応が遅い。素早く首を斬ればなんら問題はない」

俺はダークを鞘から抜き、オークの首元へ飛び、剣を振った。

「よっと。これで終わりだな」

オークの背後に下り立ち、そう呟く。

その瞬間、オークの首が胴からズレ、地面に落ちた。そのあとまもなくしてオークが持っていた漆黒の大剣が消えた。

「流石としか言いようがないわね」

ニナはオークの首を見ながら、そう言う。

「ガァ……アァァ……」

倒したはずのオークの体の中から、ゾンビの呻《うめ》き声《ごえ》のようなものが聞こえてくる。

ニナが後ろに飛び退き、《炎槍《フレアランス》》をオークの死骸に放つ。

勢いよく燃える死骸の腹が裂け、二つの人影が姿を現した。

片方は両手で一本の漆黒の槍を持っている。

俺はその人影に《鑑定《かんてい》》を使った。

【ノイズ】

・年齢：41歳　　・性別：男

・種族：グール　　・レベル：444

・状態：邪龍の加護

〔身体能力〕

・体力：303000／303000　　・魔力：711000／72600

・攻撃：352000　　・防護：305000　　・俊敏：34100

〔魔法〕

・闇属性：レベル4

（アクティブスキル）
・邪槍《じゃそう》：レベル4

「今度はグールか」

さっきのオークと同じように、邪龍の加護という状態になっている。

「てか、名前を見るに、こいつはさっきのオークに食われた冒険者だな」

ふいにギルドにいた冒険者が、ノイズと言っていたのを思い出した。

「グール化は、死体が一定確率で変化して起こるわ。ただ死んでしまっただけではグールにならないんだけど、グールに殺されたり、魔物に食べられたあとその魔物が死んだりした場合、グール化することがあるの……これも変異種かしら？」

ニナが言う。

どうやら、二人共グール化したあと、片方にだけ邪龍の加護がついたようだ。

「安らかに眠れ。《光槍《ホーリーランス》》」

俺は不死者《アンデッド》に圧倒的な効力を持つ光属性魔法、《光槍《ホーリーランス》》を二本撃って、二体のグールを消滅させた。

「はぁ〜あ。邪龍の加護ってなんだよ……」

俺は腕を組むと、そう呟いた。

まあ、『邪』ってワードが出ている時点でろくな加護ではないだろう。

「ん？　邪龍がどうかしたの？」

ニナは俺のもとに来ると、そう尋ねた。

「さっきのオークとグールの状態のところに邪龍の加護っていうのがあったんだよ。何か知っているのか？」

そう言った瞬間、ニナは目を見開き、俺に詰め寄る。

「それ、本当なの？」

「あ、ああ。本当だ」

いきなり詰め寄られたことに驚きつつも、俺は頷いた。

「それなら私が《鑑定《かんてい》》できなかったのも納得だわ。というか、それが本当だとしたらまずいわね……」

ニナは俯くと、深刻そうな顔をした。

「なあ、邪龍の加護ってなんだ？」

ちょっと……いや、凄く気になる。

「邪龍は約千五百年前に勇者によって封印された龍なの。ただ、邪龍は封印される寸前で、邪龍の石という漆黒の石を世界中にばらまいた。そして、邪龍の石には魔物に邪龍の加護を与える力があるの。当然勇者が大半の邪龍の石を消滅させたんだけど、数が多すぎたせいで、全て消滅させることはできなかった。そのあと、勇者が死んでから、数十年おきに邪龍の加護を持った魔物が世界中に現れるようになったの。ただ、その都度魔物の体内にある邪龍の石を消滅させたお陰で、千年前を最後に、邪龍の加護を持った魔物は現れなくなった。はずなんだけど……」

「ここにいたな。邪龍の加護を持った魔物」

俺は燃え続けているオークを見ながら、そう言った。

「てか、ニナの話が本当なら、こいつらの中にも邪龍の石とやらがあるってことだよな？」

「そうよ！　邪龍の石は魔物を呼び寄せ、取り込むよう誘導するわ！　だから、さっさと破壊しましょう。《放水《ほうすい》》！」

ニナは慌てて水をかけて、鎮火した。

すると、そこには拳大の漆黒の石が転がっていた。

「これが邪龍の石か……あれ？　もう一つは？」

オークとグールで、計二つあるはずなのに、ここにあるのは一つだけだった。

「多分、オークが死んだ瞬間に、中にいた死体がグールになり、邪龍の石を取り込んだんじゃないかな？」

「なるほどな……つーか、なんで食われた人間が原形をとどめているんだろ？」

他のグールもみんなあんな感じなのだろうか？

「原形をとどめていないグールも意外といるわ。グールは死体に魂がとどまることで生まれる魔物。だから、魂さえ残っていれば、たとえ頭しかなかったとしても、その頭だけで動き出すわ。今回は、邪龍の加護の影響で、二体とも体が再生したと考えるのが妥当かしら？」

「なるほどな。てか頭だけでも動くとかヤバすぎだろ」

「そうね。ま、光属性の魔法に弱すぎるし、生前より弱いから対処は簡単ね」

「確かにな」

俺はニナの言葉に頷いた。

「それで、この石はさっさと割っていいんだよな？」

「ええ。剣で壊せば、そのまま塵《ちり》になって消えるわ」

ニナは迷わずそう答える。

「わかった。というか、ニナって邪龍の加護について結構詳しいんだな。千年以上前の話なんだろ？」

冒険者をやる上で、必要なさそうなことをかなり深く知っているニナに、俺はそう問いかけた。

「実は、読書にハマっていた時期があったの。国立図書館で片っ端から本を読んだわ。だから知ってるの。まあ、今ではすっかり飽きちゃったけどね」

ニナは笑いながらそう言った。

「その気持ち。わからなくもないな」

俺も中学生の頃に図書室で本を読みまくる時期があった。なんせ、あの頃は友達がいなかったからな。

高校で陸上部に入ったのをきっかけに友達が増え、図書室に行く暇がなくなり、そのまま本には無関心になっちゃったけど。

あ、でもラノベは読んでたな。漫画やアニメの続きが気になって、その原作小説を読むのはあるあるだと思う。

「話はこれくらいにして、石を切ろうか」

俺は鞘に収めているダークを素早く抜くと、邪龍の石を壊し、再び鞘に収めた。

すると、邪龍の石は塵になり、消えた。

「これで依頼達成だな」

「そうね。ただ、邪龍の加護を持った魔物がこれだけと考えないほうがいいわね」

「他にもいるってことか？　ならさっさと探し出したほうがいいよな？」

「その前に、このことをギルドに知らせないと」

ニナはそう言うと、革袋の中にオークの肉片、骨、魔石を入れた。

「これは証拠になるわ。解析してもらうの。それと、冒険者の遺品は……あ、あった」

ニナが拾い上げたのは、ボロボロになった冒険者カードだった。

「粉々になった武器と防具は持ち帰らなくてもいいわね……じゃ、戻りましょ」

「そうだな」

俺はみんなと一緒にメグジスへ戻った。

メグジスに戻った俺たちは、小さくなったシュガーとソルトを両肩に乗せ、冒険者ギルドの中に入る。

冒険者ギルドの中は、どこか落ち着かない雰囲気だった。

俺たちが戻ってきたことに気づいたギルドの職員が近づいてくる。

「ご無事で何よりです。オークの変異種は見つかりましたか？」

「ええ。そして、討伐したわ。討伐証明部位は燃えちゃったせいで採れなかったけど、魔石はちゃんと回収してきたし、冒険者の遺品も持ってきたわよ」

ニナがそう報告すると、周囲にいた冒険者は喜びの声を上げた。

「よかった！」

「Aランク冒険者さまさまだぜぇ～」

みんなの声を聞いて、俺とニナは笑みを浮かべる。

「喜んでもらえて嬉しいわ。さて、これから詳しく報告したいんだけどいいかしら？」

「お願いします。今回はギルドマスターに報告していただきたいので、これから応接室に案内しますね」

ギルドの職員は頭を下げると、俺たちを受付の奥にある応接室へ案内してくれた。

コンコン。

「バラックさん。オークの変異種を討伐した冒険者二名を連れてきました」

「入れ」

ギルドの職員がドアをノックすると、中から低く短い声の返事が聞こえた。

「では、お入りください」

「わかったわ……失礼します」

職員にニナは頷き、ドアを開けて、中に入った。

「し、失礼します」

俺もニナのあとに続いて中に入る。

応接室には、部屋の中央に机があり、その両側にソファがあった。

そして、そのソファに座っているのは、鍛え上げられた肉体を持ち、マフィアのボスでもビビりそうなくらい目つきが悪く、威圧感のある男性だった。

うわぁ……絶対一人二人殺ってるよ。あの目つきは……

俺はその男性を見て若干ビビりながらも、ニナの隣に座った。

シュガーとソルトは自身の膝の上に乗せる。

「俺の名前はバラック。ここのギルドマスターをやっている」

目の前にいる男性、バラックが口を開いた瞬間、この場の雰囲気がピリッとした。

「私の名前はニナです」

「俺の名前はレインです」

俺とニナは、少し緊張しながら自己紹介をした。

「本題に入る前に一つ聞きたいことがある。お前の膝の上で転がっているのは魔物だよな？」

バラックの目つきが少し鋭くなった。

「あ、はい。ただ、ちゃんと首輪はしていますよ」

魔物を街に連れ込んだことを怒っているのかと思った俺は、慌てて弁明した。

「いや……わかった。その子たちの名前は？」

「こ、この子がシュガーで、この子がソルトです」

俺は二匹を抱き上げて、それぞれの名前を教える。

「そうか。いい名前だな。そして可愛い。大切に育てるんだぞ。美味しいものをたくさん食べさせるんだぞ」

口調や目つきは変わらないが、雰囲気が急に和やかなものになった。

さてはバラックさん。動物好きだな？

いかつい人に限って可愛いもの好き。

あるあるだな。

「わかっていますよ。シュガーとソルトは家族のようなものですからね」

俺は二匹を優しく撫でながらそう言った。

「いい心がけだな。さて、そろそろ本題に入るとしよう。オークの変異種はどんなやつだった？」

「戦った感じ、強さはAランク冒険者が数人で戦ってやっと倒せるといった感じでした」

ニナがバラックの質問に答える。

「なるほど。君は何かあるか？」

「は、はい。レベルは４４４。魔力が突出して高く、風属性の魔法を使っていました。そして、状態のところに邪龍の加護と書かれていました」

そう言った瞬間、バラックは目を見開いた。

「なんだと⁉　それは本当なのか？」

「あ、はい。この目でしっかり確認しました」

「ええ。それに、邪龍の石も発見したわ。邪龍の石は魔物を呼び寄せる危険な力があるから、その場で処理しました。この革袋の中に肉片、骨、魔石が入っていますので、解析していただければ、わかるでしょう」

ニナはそう言って、革袋を渡した。

「わかった。これは今すぐにでも本部に報告しないとな」

「お願いします。あと、これが冒険者の遺品です」

ニナは腰のポーチからボロボロになった二枚の冒険者カードを取り出すと、机の上に置いた。

「この冒険者はグールになってしまったので、レインが討伐しました」

「そうか。ありがとう」

バラックはそう言うと、頭を下げた。

「これで話は以上だ。受付で報酬金を受け取るといい」

「わかりました」

俺たちは頭を下げ、応接室の外に出た。

応接室を出た俺たちは、報酬金をもらうために、そのまま受付へと向かう。

「依頼完了の報告に来たわ」

ニナは依頼票を受付の女性に手渡した。

「はい。話は聞いております。今回はありがとうございました。それでは、冒険者カードの提示をお願いします」

「わかったわ」

「わかった」

俺たちは冒険者カードを取り出すと、受付の女性に手渡した。

「はい……て、レインさんってGランクなんですか⁉」

受付の女性は俺の冒険者カードを見るなり目を見開くと、そう言った。

「ああ。金を稼ぐために昨日冒険者になったんだ」

「ええ。ただ、彼は私よりも強いわよ」

「は、はい。わ、わかりました……」

受付の女性は、ちょっと理解が追いつかないという感じの顔をしつつも、依頼完了の手続きをしてくれた。

「えっと……はい。レインさんはEランクになりました」

受付の女性はそう言いながら、俺たちに冒険者カードと小金貨一枚を手渡す。

「もう上がるのか……しかも二つも」

たった一日で二つもランクが上がったことに、俺は少し驚いた。

「このレベルの依頼の達成に貢献《こうけん》したのなら、文句なしで上がります」

「そうか……ありがとう」

俺は礼を言うと、みんなと一緒に受付を離れた。

「レイン、報酬金の小金貨一枚はあなたがもらっていいわよ」

ニナはそう言うと、報酬金の小金貨一枚を俺の手に握らせた。

「それは嬉しいが、こういうのって半々に分けるものじゃないのか？」

「普通はそうなんだけど、レインはあまりお金を持っていないでしょ。だから全部レインのものでいいよ」

「……ありがとう」

ニナの気遣いに俺は感謝し、頭を下げた。

その直後、冒険者ギルドの扉が勢いよく開き、傷だらけの冒険者が三人入ってくる。

「真っ黒でヤバいオークが三体現れた。仲間が一人やられた……」

冒険者がそう言った瞬間、俺は思った。

「またかぁ……」

深く息を吐く。

あれだけで終わることはないと思っていたとはいえ、物事が片づいた直後に来られると、流石にうんざりする。

「ニナ。俺たちにまた緊急依頼が来る予感がするんだが、気のせいだと思うか？」

「気のせいもなにも、もう来てるわよ」

ため息を吐くニナの視線の先には、俺たちに駆け寄ってくるギルドの職員がいた。

「緊急依頼を出してもよろしいでしょうか？」

ギルドの職員は、遠慮気味にそう言った。

「大丈夫だ。問題ない」

「ええ。もちろん報酬金は多めでね」

俺とニナは、ギルドの職員の言葉に頷いた。

「ありがとうございます。依頼は変異種のオークの討伐。報酬金は小金貨四枚です」

ギルドの職員は紙に依頼を書くと、ハンコを押してからニナに渡した。

「よし。さっさと行くか」

「ええ」

俺たちは今すぐにでも倒すべく、依頼票をもらうと即座に冒険者ギルドを飛び出した。


「あれか」

「ええ。あれね」

前方に、漆黒のオークが三体いることを視認した俺は、即座に魔法を放つ。

「《風絶斬《ふうぜつざん》》」

高速で飛ぶ不可視の風の刃が放たれ、二体のオークの腹をまとめて両断する。

「《炎槍《フレアランス》》！」

一方、ニナは横から攻撃してきた一体のオークに炎の槍を五発続けて放ち、胴に穴を開けていた。

「先手必勝だな」

「そうね。相手が魔法を使う前に攻撃できれば、割と簡単に倒せるわ」

俺たちはそう言いながら、邪龍の石を破壊し、討伐証明部位であるオークの牙を取った。ただ、冒険者の遺品は見つからなかった。

「よし。これで以上だな。じゃ、帰るか……ん？」

《気配察知《けはいさっち》》が反応する。更に奥のほうに数百体のオークがいるようだ。しかも、気配から察するに、全員が邪龍の加護を持つオークだろう。

この数はマズいな。このまま来られたらメグジスの街が滅ぼされる。

いくらバラックやニナが強くても、この数は危険だ。簡単に押し切られる。

「レイン。どうかしたの？」

ニナが心配そうにそう問いかけてくる。

「いや、ちょっとな。実は落とし物をしてしまったらしくてな。先にシュガーと一緒に戻っててくれ。すぐに見つけて追うから」

ニナを巻き込みたくなかった俺は、嘘を吐いて先に街へ帰らせることにした。

「それなら私も一緒に捜《さが》すわ。二人で捜したほうがすぐに見つかるでしょ？」

ニナのもっともな意見に、返す言葉がない。

「……いや、俺の都合に巻き込むのは悪いからな。あと、あれはあまり他人には見せたくないやつだから。個人情報って言えばわかるかな？　だから、先に行っててくれ」

俺は《思考加速《しこうかそく》》を使って一瞬で言い訳を考えると、ポーカーフェイスでそう言った。

「まあ、わかったわ。先に行ってる」

ニナは訝《いぶか》しみつつも頷くと、シュガーに乗り、去っていった。

「……行ったか」

そう呟き、後ろを向く。

森の奥からは、どんどん魔物が押し寄せてきている。ここまであと二百メートル弱といったところだろう。

「異世界で初めて来た街が滅ぼされるなんて嫌だからな」

別に俺は人助けが趣味というわけでもない。

というか、正直言って、人のために奔走《ほんそう》するなんて御免《ごめん》だ。だが、自分とかかわりのある場所が滅ぼされるのを黙って見ていられるような、非情な人間でもない。

「ちょっくら本気を出すか」

俺は《飛翔《ひしょう》》を使うと、上空に飛んだ。ソルトはその場に待機させ、万が一生き残ったやつがいたら始末するように言ってある。

「さて、ここから見てみるともう真っ黒だな」

下に広がる森の一部が緑ではなく黒になっている。

よく見てみると、木々の間に様々な黒い魔物がいるのがわかる。種族は、オーク、ミノタウロス、フォレストウルフ等、本来ならそこまで強くない魔物だ。

だが、邪龍の加護によってそこその強さになっている。ここから見てみると、なんだかゴキブリが大量発生しているように見えて、気味が悪い。

「さて、まずは隠すか。《幻影《ファントム》》」

俺は幻を作る闇属性魔法、《幻影《ファントム》》を展開して、周囲一帯を隠した。これで、街のほうから見ても、ただの森にしか見えないだろう。たとえここが炎に包まれても。

「冒険者は……いないな。じゃ、やるか。《聖域結界《サンクチュアリフィールド》》！」

俺は森にいる大量の魔物どもを、巨大な《聖域結界《サンクチュアリフィールド》》の中に閉じ込めた。これで、逃げられる心配もない。

「これでよし。一撃で片づけてやる――《終焉の業火《ラストインフェルノ》》！」

俺は最上位の火属性魔法を《聖域結界《サンクチュアリフィールド》》の中に放った。炎は、《聖域結界《サンクチュアリフィールド》》の中にあるものを一瞬で灰に変える。

全てを焼き尽くした炎は、徐々に消えていった。

こうして、《聖域結界《サンクチュアリフィールド》》の中にあったものは何もかも消えてしまった。

「意外とあっけないものだな。じゃ、あとは、《時間遡行《リターン》》」

俺は対象の時を戻す時空属性魔法、《時間遡行《リターン》》を発動した。

すると、灰色の大地がだんだんと土に戻っていく。そして、それと共に木や草もどんどんと生えていき、僅か五分で森はあるべき姿を取り戻した。

魂は時間を戻してももとの場所に還らないので、さっき死んだ魔物が復活することはない。

「ふぅ。これで終わりだな」

俺はそう呟くと、《聖域結界《サンクチュアリフィールド》》と《幻影《ファントム》》を消した。そのあと、《中距離転移《ワープ》》で下に転移する。

「よし。街に戻るか」

「わかった！　ご主人様！　僕の背中に乗って！」

俺はソルトの背中に乗り、街へ向かった。

「……は？」

ソルトに乗り、メグジスに向かっていた俺は、前方に邪龍の加護を持った魔物がいることを感知する。

「何故そっちにもいるんだ……」

街を出てからずっと《気配察知《けはいさっち》》を使って、魔物の有無を確認していたはずなのに、突然、邪龍の加護を持った魔物が現れた。

《気配察知《けはいさっち》》には自信のある俺の感知をどうやってくぐり抜けたのだろうか。

「数は……五十ちょいか。まずい、街の城壁のところにいるな。戦闘状況は……拮抗しているがジリ貧だな」

ソルトに乗って進みながら、俺は気配を探って、戦っている者の数と戦闘状況を把握した。しばらくは持ちこたえることができそうだ。だが、徐々に押されていくだろう。

そんなことを思っていたら、森を抜けた。

そして、そこで見たものは――

「マジかよ……」

前方にいたのはメグジスを囲む城壁に体当たりをしている大量の漆黒の巨大ミミズたちだった。

巨大ミミズに《鑑定《かんてい》》を使う。


【？？？】
・年齢：19歳　・性別：なし
・種族：グレイトアイアンワーム　・レベル：444
・状態：邪龍の加護

（身体能力）
・体力：392000／392000　・魔力：698000／698000
・攻撃：29800　・防護：37200　・俊敏：34300

（アクティブスキル）
・気配隠蔽《けはいいんぺい》：レベル4　・邪装甲《じゃそうこう》：レベル4

「なるほどな」

俺はレベル10の《気配察知《けはいさっち》》を持っているから、例えグレイトアイアンワームが《気配隠蔽《けはいいんぺい》》を使っていたとしても、隠しきれるはずがない。

地面にいくつか穴が開いているし、こいつらは地面を掘ってメグジスに来たのだろう。スキルが届きにくい地下深くを移動し、さらに《気配隠蔽《けはいいんぺい》》を使う……

「もしかして、知性が上がっているのか？」

邪龍の加護という得体のしれないものには、そのような力もあるのかもしれない。

「……って、考えてる場合じゃないな。ソルト、スピードを上げてくれ！」

「はーい！」

城壁の上で戦っている人たちを見た俺は、ソルトに走るスピードを上げさせた。

「……《氷結《ひょうけつ》》！」

閉まっている門の前にたどり着くと、城壁に体当たりをしているグレイトアイアンワーム数体に、対象を氷で包む氷属性魔法、《氷結《ひょうけつ》》を放った。

グレイトアイアンワームは、下から上に向かって徐々に氷漬けになっていき、それに伴いどんどん動きが鈍くなっていく。

だが、思ったよりも力が強く、暴れた衝撃で氷を破壊されてしまった。

「ちっ、まずはニナと合流して経緯を聞くか」

そう呟いて、ソルトから降りる。そして、閉まっている城門の下にいるニナとシュガーのもとに駆け寄った。

「ニナ！」

ニナに呼びかける。

「あ！　レイン。来たのね」

ニナは俺を見ると、安心したように息を吐いた。

「ああ。それで、何があったんだ？」

「私も丁度来たところだからわからないわ。ただ、緊急事態なのは確かね。早く城門の上にいるみんなのところに行きましょ」

「そうだな」

俺はニナの言葉に頷くと、小さくなったシュガーとソルトを両肩に乗せた。

そして、ニナと共に、閉まっている城門のすぐ横にある人一人が通れる程の通路を通って、メグジスに入った。

冒険者カードを見せていないが、緊急事態なので仕方がない。

「行くわよ。ついてきて」

「ああ、わかった」

俺は頷いて、ニナの案内で城壁の上に向かう。

「みんな！　助けにきたよ！」

階段を三段飛ばしで駆け上がり、城壁の上にたどり着いたニナは、必死に戦っている冒険者や衛兵に向かってそう叫んだ。

「あ、Aランク冒険者が来たぞ！」

ニナが来たことにより、そこにいた人たちに安堵の表情が浮かんだ。

「思ったよりもよく耐えてるわね。《炎槍《フレアランス》》！」

ニナは一体のグレイトアイアンワームの顔めがけて、炎の槍を三本放った。

「キュアアァ！」

グレイトアイアンワームは今の一撃で地面に倒れた。だが、《邪装甲《じゃそうこう》》という自身の耐久を上げるスキルを持っているせいか、まだ生きていた。

「しぶといな。《光槍《ホーリーランス》》！」

俺は白く輝く槍を放ち、とどめを刺した。

「ありがと。私はあっちを防衛するから、レインはここをお願い」

ニナはそう言うと、他の場所へ向かう。

「さっき森でやったようにさっさと終わらせたいところだが、みんなの前で派手な魔法を見せるわけにはいかないからな」

あんな力を見せたら、面倒くさいことになるのは確定だ。よほどのことがない限り見せるつもりはない。

だが、かと言って、メグジスが滅んでもいいのかと聞かれたら、答えは否だ。

「……ま、Sランク冒険者ぐらいの力なら出しても問題ないだろ」

ある程度の強さは、むしろみんなに見せて、安心させておいたほうがいいだろう。

更に、ここで実力を見せつけておけば、そこそこの早さでAもしくはSランクに上がれる可能性もある。

それくらいのランクになれば、Aランク冒険者であるニナとパーティーを組んでいても、他者から不相応だと思われることはなさそうだしな。

Sランク程の力で、一人の死人も出さずにこいつらを倒す。

なかなか大変そうだ。

「ま、頑張るとするか」

俺はダークを鞘から抜き、そう呟いた。

「では、《氷槍《アイスランス》》！」

剣先を前方にいるグレイトアイアンワームに向け、ダークを魔法発動媒体にして、氷の槍を二本撃つ。

「キュオオオ！」

一体のグレイトアイアンワームの頭に風穴が開き、息絶えた。それにしても、普通のミミズみたいに高い再生力がなくて本当によかった。

「魔法発動媒体を通して魔法を使うと、威力が大体一・三倍になるのか……」

オリハルコン合金製のダークを初めて魔法発動媒体として使ってみたが、同じ魔力量でここまで威力が上がるのは本当に凄い。

威力が上がる理由は、恐らく魔法発動媒体が補助してくれることで、魔法陣展開に必要な魔力が減少しているからだろう。その分、威力が上がっているというわけだ。

　ニナが指輪型の魔法発動媒体を使うように、俺も手軽に使える魔法発動媒体を手に入れておいたほうがいいかもしれない。

「うわあぁ！」

　その叫びに反応して横を見てみると、少し押されている場所があった。

「《炎槍《フレアランス》》！」

　その方向に《炎槍《フレアランス》》を二本撃ち、一体仕留める。

「た、助かった。ありがとう！」

　攻撃をくらい負傷していた男性は、俺に向かって手を振ると、礼を言った。

「礼は終わってから言うんだな。《氷結《ひょうけつ》》！」

　三体のグレイトアイアンワームの頭を氷漬けにする。だが、これだけで終わる相手ではないことぐらいわかっている。

「《風絶斬《ふうぜつざん》》！」

　俺は氷が破壊されたタイミングを狙って、風の刃を放ち、三体のグレイトアイアンワームの頭部を切断して、殺した。

「キュアアァ!!」

　俺を強敵と見なしたのか、目の前にグレイトアイアンワームが集まってきた。俺めがけて体を伸ばし、くらいつこうとしてくる。

「おっと。接近戦をしてくれるのはありがたい」

グレイトアイアンワームが口を大きく開き、中にある大量の鋭い牙を見せた瞬間に、ダークに炎を纏わせ、斬りかかった。

「キュアァァ!!」

二体のグレイトアイアンワームの頭部がちぎれ、息絶える。

だが、その時に血や肉が飛んできたせいで、服が汚れ、臭いがついてしまった。

「うわっやっべ。《浄化《じょうか》》!」

即座に《浄化《じょうか》》を使って汚れを落とす。《精神強化《せいしんきょうか》》レベル10でも、流石に体液でべっちゃべちゃになったら、嫌悪感くらいはある。

「キュオォ!」

その間にも、こいつらはどんどん襲いかかってくる。

というか、この辺で襲われているのって俺だけじゃね?

そう思い、横を見てみる。みんな俺に襲いかかってくるグレイトアイアンワームに魔法や矢を放っているのに、グレイトアイアンワームは見向きもしない。

「流石にこれはヤバいだろっ!」

悪態を吐きつつも、炎の槍を飛ばし、近づいてくるグレイトアイアンワームを斬り裂く。

ヤバいというのは、死にそうな意味でのヤバいではなく、実力を隠し切れないという意味でのヤバいだ。

「……つーか、なんでこいつら魔法を使わないいんだ?」

土属性の魔法を使えるのに、いつまで経っても使ってくる気配がない。

そう思っていると……

「キュオォ……」

後方にいるグレイトアイアンワームの前に黄色の魔法陣が出現した。

「疑問に思っただけで、別に望んではなかったぞ！　《魔法攻撃耐性結界《まほうこうげきたいせいけっかい》》！」

グレイトアイアンワーム共に文句を言いつつも、魔法のみに耐性がある結界を張った。

その直後、魔法陣から大量の岩が飛んでくる。

ダン！　ダン！　ダン！　ダン！

いい感じに防げてはいるが、このまま魔法を撃ち続けられるのは厄介だ。

「《天雷《てんらい》》！」

俺は後方で魔法を撃っているグレイトアイアンワームに《天雷《てんらい》》を撃って、痺れさせることで、魔法の発動をやめさせた。

「では、《氷槍《アイスランス》》！」

俺は《魔法攻撃耐性結界《まほうこうげきたいせいけっかい》》を解除すると、氷の槍を四発撃ち、後方にいる二体のグレイトアイアンワームの頭に風穴を開けた。

「ふぅ……」

こっち側にいるのはあと十体。

このまま仕留めたいところだが、魔力量のことを考慮して、ここからは剣のみで戦うことにしよう。こいつらで終わりとは限らないしな……

幸いなことに、こいつらは俺にくらいつこうと近づいてきてくれるのだ。

「はっ！　はっ！」

素早くダークを振り、近づいてきた一体を仕留める。

「勝負を仕掛けるぞ」

そう呟き、一番近いグレイトアイアンワームの頭の上に飛び乗る。

「よっはぁっ！」

そして、そこから頭伝いに移動し、他のグレイトアイアンワームの頭も斬り裂いた。

「キュアアア！」

グレイトアイアンワームが叫び声を上げ、息絶える。

「はっ！」

死骸が倒れる前に他のグレイトアイアンワームの頭の上に飛び乗る。

「はあっ！」

そして、再び頭を斬り裂いて殺す。俺は淡々と、その作業を繰り返した。

そして――

「こ、こっちは終わったぞ……」

俺はあえて疲れた様子を見せながらそう言うと、ダークを鞘にしまってから、その場に座り込んだ。

「こっちはレインが倒してくれたぞ！　俺たちは、レインのためにも残りを殲滅《せんめつ》するぞ！」

「「「「おおおお!!」」」」

ギルドマスターであるバラックが声を上げてみんなの士気を高めると、そのままニナがいるほうに向かっていった。

「さて、俺も行く……な!?」

そう言って顔を横に向けた瞬間、俺は青ざめた。

視線の先にあったのは、城壁の上で、口から大量の血を流して倒れているニナの姿だった。

◇　◇　◇

私――ニナは門の近くをレインに任せ、ここでみんなと一緒にグレイトアイアンワームを倒すことにした。

「《炎槍《フレアランス》》！」

みんなの攻撃によって、既に弱っているやつから攻撃して、確実に数を減らしていく。

「《炎矢《フレアアロー》》！」

グレイトアイアンワームが口を開くタイミングを狙って炎の矢を撃ち、少しでも効率よくダメージを与えられるようにする。

でも、まだ十五体もいる。

「うっ、ここで魔力切れ……」

私は腰のポーチから小瓶《こびん》を取り出すと、苦《にが》さをこらえながら、その中に入っている魔力回復薬《まりょくかいふくやく》をぐっと飲み干した。

これ、とっても苦いから、緊急時以外は絶対に飲みたくないのよね。

状況が状況なので、魔力が三十パーセント回復する超高級魔力回復薬を飲む。効果の高いもの程苦いから、これは相当キツい。

「うぇ……この程度で負けるつもりはないわ。《炎絶斬《えんぜつざん》》」

私にくらいつこうとしてきたグレイトアイアンワームの頭を、炎の斬撃で焼き切る。その際に飛び出てきた血や内臓が私に降ってくるが、そんなものは無視して、魔法を放った。

「《炎矢《フレアアロー》》！　《炎槍《フレアランス》》！　《炎絶斬《えんぜつざん》》！」

ひたすらに魔法を放っていると、後方にいるグレイトアイアンワームの前に黄色の魔法陣が出現した。

そして、その魔法陣から大量の岩が撃ち出される。

「まずいっ、《水圧壁《ハイドロウォール》》！」

即座に水の防壁を作って、みんなを守った。だけど、いつまで経っても、攻撃が終わらない。

「お願い。終わって！」

私は必死に水の防壁を維持しながら、そう叫んだ。

すると、その願いが届いたのか、攻撃がやんだ。

「あ、危なかった……」

安堵の息を吐きながら水の防壁を解除し、前方にいるグレイトアイアンワームを睨みつけた。

「キツいけど、もう一本飲まないと」

再び魔力回復薬を飲むために、腰のポーチに手を伸ばす。

だが、小瓶を取る前に、グレイトアイアンワームが私の横にいた女性に岩を撃った。

「きゃああ！」

女性は盾を構えるが、あれで防げるわけがない。

「くっ《水圧壁》《ハイドロウォール》！」

私は女性の前に立ち、水の防壁を作る。だけど、強度が足りず、威力を弱めることぐらいしかできなかった。

そして――

「がはっ」

私は咄嗟《とっさ》に両腕で、肺や心臓を守った。

しかし、その二か所を守ったとしても、大怪我をすることには変わりない。

結果、私の両腕は折れ、内臓もかなり傷ついている気がする。心臓や肺がやられていないことが、せめてもの救いだろう。

「レイ……ン」

そう呟いたのを最後に、私は意識を手放してしまった。

◇　◇　◇

「ニナ！　しっかりしろ！」

俺はニナに駆け寄り、上に乗っている岩をどかした。

「ご、ごめんなさい。わ、私のせいで……」

後ろにいる女性冒険者が、泣きそうな顔でそう言った。状況から見るに、どうやらニナはこの女性をかばって負傷したようだ。

俺が本来の力を出していれば、こんなことにはならなかったのだろうか……

「大丈夫だ。俺が治療する」

そう言うと、魔法発動媒体のダークを鞘から抜き、ニナの腹に軽く当てた。

「胃と腸《ちょう》に損傷。肋骨《あばらぼね》三本骨折。両腕を複雑骨折。大量出血……とんでもねぇ大怪我だな」

《鑑定《かんてい》》を使い、ニナの状態を確認すると、即座にそれらを治せる魔法を使った。

「《超回復《ハイヒール》》！」

欠損以外の怪我なら治すことができる《超回復《ハイヒール》》で、ニナを治療することにした。

骨がだんだんとくっつき、内臓も少しずつ復元されていく。

だが、それを邪魔するやつらがここにはいる。

「キュアアアア!!」

グレイトアイアンワームは、俺たちに向かって岩をどんどん飛ばしてくる。

「ちっ《魔法攻撃耐性結界《まほうこうげきたいせいけっかい》》！」

ニナを治療しながら、みんなを守る。

「……よし。治った！」

なんとかニナの怪我を治癒させることができた。血をかなり失っているせいで、しばらくは動けないだろうが、あとは俺が——いや、俺たちがなんとかすればいいだろう。

「シュガー、ソルト。ニナの側にいてやってくれ」

「はーい」

「わかりました」

ずっと両肩から、俺のことを応援してくれていたシュガーとソルトにニナを任せると、俺は残り十一体のグレイトアイアンワームを睨みつけた。

「ニナに大怪我させた代償。払ってもらうぞ。《炎槍《フレアランス》》！」

俺はダークを構えると、炎の槍を四本撃ち、近くにいた二体を仕留めた。

そのあと、みんなの攻撃によって弱っていた四体を、《炎槍《フレアランス》》を一本ずつ撃って仕留めると、《結《けっ》界《かい》》を足場にして、グレイトアイアンワームの群れの中心に立った。

「次々湧いて出てきやがって！　これで終わりだ！」

そう呟き、一体目のグレイトアイアンワームの頭に連撃を仕掛け殺す。

「キュオォ!!」

後ろからは岩が次々と飛んでくる。だがこれは《結界《けっかい》》を足場にして飛び回ることで回避した。

「はぁ！」

魔法を撃っていることにより、隙が生まれた二体に上から近づき、頭を切り裂いて仕留める。

そのあとは、みんなの攻撃で弱ったやつから順に仕留めていった。

そして――

「討伐完了だな」

最後のグレイトアイアンワームを討伐し、城壁の上に下り立つと、俺はそう言った。

それから城壁の下に飛び下り、魔物を呼び寄せる効果を持っている邪龍の石を全て破壊した。

そのあとは、手分けしてみんなを治療してギルドに戻り、バラックの提案で俺が主役のパーティーをやった。みんな笑いながら酒を飲んで、楽しそうにしている。

しかし、俺は後悔のせいで、みんなに合わせて上っ面の笑顔を見せることしかできなかった。

そんな状況に耐えられなくなった俺は、ニナの容態を見にいくために、パーティー会場から離れた。

「……ニナ」

冒険者ギルドの救護室に入り、ベッドの上で寝ているニナの姿を見て、そう呟く。医師の診断では、疲労と血を流しすぎたことにより意識を失っているだけなので、いずれ目を覚ますとのことだ。

「……すまない」

椅子に座り、俯きながらそう呟く。

あの時、本気を出していれば、ニナがあそこまで傷つくことはなかっただろう。

戦って傷を負うのは自然なことだが、あれ程の大怪我となると話は変わってくる。

「結局、俺はあんな状況になっても、自分のことを真っ先に考えるんだな……」

圧倒的すぎる力を見せて、面倒くさいことになりたくない。

そう思いながら戦ったせいで、ニナはあれ程の傷を負ってしまったのだ。

「力の使い方でここまで悩むことになるとはな。あのまま森で暮らしていれば、こんな思いもせずに済んだのかな？」

そしてとうとう、俺は森から出てきたことまで後悔するようになってしまった。

「ご主人様……」

「マスター……」

両肩に乗っているソルトとシュガーが俺のことを心配そうに見つめる。

「……そんなことはないよ」

ベッドで寝ていたニナが目を開く。優しさに満ちた声で話しかけてくる。

「ニ、ニナ。目を覚ましたのか」

俺はニナが目を覚ましたことに、心の底から安堵した。

「レインが森から出て、メグジスに来た判断は正しかったよ。もしレインがいなければ、メグジスは魔物によって滅ぼされていた。多くの命が奪われていたと思う。だから、ありがとう。レイン。

みんなを守ってくれて。あと、私の傷を治してくれたのもレインでしょ？　それもありがとう」

ニナから送られた感謝の言葉は、俺の心を温めてくれた。

みんなを守った……か。確かに俺がいなかったら、街は滅ぼされていた。

だけど、みんなが街を守るために本気で、命をかけて頑張っている横で、手を抜いて戦っていたことには、どうしても思うところがある。

あそこで本気を出していたら、それはそれで後悔していただろうけど……

人が何よりも恐怖するのは得体の知れないものだ。

そこに、敵も味方もない。

「どういたしまして。ただ、俺は本気を出すことを躊躇《ためら》ったんだ。そのせいでニナはあれ程の傷を負った」

あの時すぐに本気を出していれば、一瞬で勝負が着いたと思う。

理由がどうであれ、それについては後悔と反省をしている。

「……あのさ、死者は出たの？」

「いや、死者は出なかった。負傷者もニナを除けば大体が軽傷だ」

俺は俯くと、そう言った。

「う～ん……死者が出ていないなら、私はいいと思うよ。本気を出さなかったことには色々と文句を言いたいけど、それには理由があるんでしょ？　代償があるとかの理由で本気を出さない人だってそこそこいるし。あと、あそこにいた人たちはみな、戦うために来ていたのよ。決してあなたに守られるためではないわ。それに、私たちが怪我をしたのは自分たちが未熟だったから。決してレインのせいではないのよ」

ニナは上半身を起こすと、俺の顔を見つめながらそう言った。

「過度に守るのは、その冒険者の成長には繋がらない。だから、むしろレインの力加減は丁度よかったんじゃないかしら？　みんな今日の戦いを経て、強くなっているはずだわ。もちろん私もね」

ニナの言葉はどれも本心から出ているようだった。

「でも、ニナはあんな大怪我をしたんだぞ？　胃、腸に損傷。肋骨三本骨折。両腕を複雑骨折。大量出血。かなりの大怪我だ」

「わぁ……私、思ったよりも重傷だったのね。欠損部位がなくてよかった……」

ニナは俺の言葉に目を見開くと、安堵の息を吐いた。

「私からしてみれば、その怪我をした時よりも、魔力回復薬を飲んだ時のほうが辛かったわ。あれ、とんでもないぐらい苦くて……うわぁ。今思うと私よくあんなの二本も飲んだわね……」

「ほぇ？」

ニナの予想外の言葉に、俺は思わず呆《ほう》けた声を出してしまった。

「ふふっ、レインってそんな声も出せたのね……ふふっ」

ニナは口に手を当てながら、俺の反応を笑った。

「ちょ、笑うなよ！　流石にその返答は予想外だったよ！」

「ふふっ、やっと元気になったわね。さ、賑やかな外に行きましょう」

ベッドから起き上がったニナは、俺の両肩にいるシュガーとソルトを掻《か》っ攫《さら》うと、そのまま外に行ってしまった。

「ま、待てよ！　あと、あんまり動くなよ！　血は失ったままだから、またぶっ倒れるぞ！」

ニナの身を心配し、叫びながら、あとを追いかける。

このあとのパーティーでは、俺と同じように主役となったニナと共に、心の底から笑うことができた。

第八章　Aランク冒険者への昇格と渦巻《うずま》く陰謀《いんぼう》

次の日の朝――

避難していた人たちが少しずつ戻りだしたことで、メグジスは以前の賑やかさを取り戻しつつあった。

そんな中、俺とニナはバラックと共に応接室にいた。

「昨日は本当にありがとう。二人がいなければ、多くの命が奪われ、メグジスは崩壊していただろう」

バラックは深く頭を下げると、礼を言った。

「メグジス防衛に大きく貢献した功績を称え、レインをAランク冒険者に昇格させる。ニナには、Sランク昇格試験を受ける権利を与える。好きな時に受けるといい」

なんと、俺はいきなりAランク冒険者になってしまった。

半年から一年くらいでなれればいいかな？　と思っていた俺からしてみれば、今回のAランク昇格は完全に予想外だった。

「おめでとう。レイン。これで私と同じランクね」

ニナは満面の笑みを浮かべ、そう言った。

「ありがとう。それにしても、こんなにも早くなれるとは思わなかったよ」

俺も笑顔を見せ、そう言った。

「で、さっき通話水晶で連絡が来て、昨日出現した邪龍の石を取り込んだ魔物が、ダルトン帝国のディーノス大森林付近でも出現したらしい。ここよりも数が多かったらしく、一つの街と五つの村が滅ぼされ、二つの街に大きな被害がでてしまったそうだ。多くの犠牲を払ってしまったが、高ランク冒険者と騎士団の奮闘のお陰で、なんとか片づいたということだ」

他の国はかなりひどいことになってしまったようだ。

もし俺がディーノス大森林から出てこなかったら、ここも同じことになっていただろう。

「それにしても、なんで邪龍の石を取り込んだ魔物が今になって現れたのかしら？」

ニナは腕を組むと、考え込むような表情になった。

「邪龍の石には魔物を呼び寄せ、取り込むよう誘導する能力がある。もしずっと存在していたのなら、千年以上の間、誰にも見つからずに放置されていたとは考えにくい」

バラックも腕を組んで、難しそうな顔をした。

「……ここで考えていても仕方がないな。そのことについては王都から派遣される調査隊に任せることにしよう。それじゃ、渡すぞ」

話を終わらせたバラックは、俺の前に革袋と金色に輝く冒険者カードを、ニナの前には革袋とSランク昇格試験書と書かれた紙を置いた。

「報酬金は……って、金貨がこんなに……」

革袋の中には金貨が大量に入っていた。

「レインは金貨四十五枚。ニナは金貨二十枚だ」

金貨四十五枚。

つまり四千五百万セル。

ティリオスでの一セルは、前世の一円とほぼ同じ価値だということを考えれば、そのヤバさがわかるだろう。

「めっちゃ多くないですか？」

俺は渡された金額に驚き、思わずそう聞いてしまった。

「お前たちがいなければ、街は滅ぼされ、多くの命が奪われていた。そうなった時の損失に比べれば、逆に安すぎるぞ。だから、遠慮なく受け取ってくれ。あと、Cランク以上の冒険者は、お金を冒険者ギルドに預けることができるようになる。そして、預けたお金は、世界中にある冒険者ギルドの受付でいつでも引き出すことができるんだ」

簡単に言えば、銀行のような役割を冒険者ギルドでやってくれるということだろう。稼ぐ金額が多くなる上位の冒険者たちにはなくてはならないものだな。

「そうだな……だが、俺は収納系の魔法が使えるからいいかな」

《無限収納《インベントリ》》の中に入れておけば、誰かに盗まれる心配もない。それに、使いたい時に使うことができる。

そう思った俺は、この大金が入った革袋を手に取ると、《無限収納《インベントリ》》の中に入れた。

「ほう。時空属性も使えるのか。それなら安心だな。これで、俺からの話は以上だ」

「それじゃ行きましょ。私はさっさと受付に行って、お金を預けてこないと。手元にこんな大金があったら、無駄遣いしちゃうから」

ニナの気持ち、わからなくもない。

だが、俺はそれでも手元にお金を置いときたい性格なのだ。

「そうだな。出るとするか」

俺たちは立ち上がり、応接室の外に出た。

「じゃ、ちょっと待ってて」

ニナはそう言うと、受付のほうに行った。

「……ここに来てから、色々あったな」

目を瞑《つむ》り、軽く息を吐く。

街では、初めてのことがたくさんあった。

気分が落ち込んでしまった瞬間もあったが、あれはもう気にしていない。

ニナが言っていたように、あの時、街を守るために戦った冒険者たちは、死ぬ覚悟を持っていた。

それなのに、その傍《かたわ》らで、冒険者たちを守れなかったと言って落ち込むだなんて失礼にも程がある。

だからもし、またあんな状況に出くわした時には、もっといい方法で立ち回ってみようと思う。

俺は世界最強。

多くの強力な手札を使えば、きっと上手くいくはずだ。

◇　◇　◇

レインたちがグレイトアイアンワームを討伐したあくる日の夜。

バーレン教国の神殿の一室で、頭を垂《た》れる一人の男がいた。

彼の名はファルス・クリスティン。バーレン教国の枢機卿だ。

ファルスは前に立つ男に事の顛末《てんまつ》を説明する。男は法衣を身に纏い、杖を持っている。

「――報告は以上になります」

「そっか、半分成功か……ま、いい感じだね。何もかもがこっちの思い通りになるなんて思っていないし」

男は愉快《ゆかい》そうな口調で、そう言った。

「あの程度で国が滅んだら、どれだけ平和ボケしてるんだって文句を言ってやりたいぐらいだよ。それじゃ下がっていいよ、ファルス君。君は今まで通り、己の思いを大切に生きてくれ」

「はっ。それでは、失礼いたします。教皇様」

ファルスは最後に頭を下げると、部屋を出ていった。

「……何故、あのように笑えるのだ。どうして、俺を叱責しないのだ」

廊下を歩きながら、ファルスはそう呟いた。

計画通りにいかなかったのに教皇が笑っていた理由が、ファルスにはわからなかった。

思い通りにいかなかったら、誰だって悔しく思うはずだ。

完璧に計画を遂行《すいこう》することができなかったファルスに怒りが向けられることは、自然なことだと、彼は思っていた。

それなのに何故――

「……いや、関係ない。俺は俺の道を行くだけだ」

ファルスはそう言って、改めて自分の意思を確認する。

（教皇様の言うこと全てを妄信的《もうしんてき》に信じることなどしない。賛同できないことも当然ある。『思い通りに行きすぎることは、人生をつまらなくさせる』……か。教皇様が常々おっしゃっている言葉だが、やっぱり俺には理解できない）

ファルスは何事も思い通りになることを望んで生きてきた。

血反吐《ちへど》を吐く程の努力をし、何度も死にかけて、それでもなお、思いを実現させるために動いて、ようやくここまでの権力を手に入れた。

そんな彼のやることは、いつだろうと変わらない。

（俺の邪魔をするやつは、必ず殺す。誰であろうとも――）

「ムスタン王国。必ず我が国の領土にしてやる。そしていつか、世界を我が国のものに――」

ファルスは自身の思いを口にすると、拳を強く握りしめた。

『作業厨から始まる異世界転生』魔導書

【火属性】
・火球《かきゅう》→火の球が飛び出す。手軽に使える便利な魔法。
・炎絶斬《えんぜつざん》→炎斬《えんざん》の上位互換。炎の斬撃を放つ。
・炎矢《フレアアロー》→火矢《ファイアアロー》の上位互換。炎の矢を放つ。
・爆破《ブラスト》→小爆破《スモール・ブラスト》の上位互換。爆発を引き起こす。射程が狭いので、
発動者も爆発に巻き込まれて重傷を負う。
・大爆破《グレート・ブラスト》→爆破《ブラスト》の上位互換。
・炎海《えんかい》→周囲一帯の地面を炎で覆う。防御で使用することが多い。
・獄炎《ごくえん》→超高温な炎を飛ばす。威力が高く、コスパもいい。
・炎槍《フレアランス》→火槍の上位互換。炎の槍を飛ばす。
・熱収束砲《フレアカノン》→超高温な炎を圧縮して放出する。
・炎之息吹《フレアブレス》→超高温な炎を広範囲に放出する。
・終焉の業火《ラストインフェルノ》→獄炎地獄《インフェルノ》の上位互換。太陽の表面温度を上回る熱
量の炎を広範囲に放出する。

【水属性】
・水球《すいきゅう》→水の球が飛び出す。
・吸水《きゅうすい》→対象から水分を吸収する。
・放水《ほうすい》→放水する。火消しに重宝されている。
・水圧壁《ハイドロウォール》→水壁の上位互換。水を圧縮して壁を生成する。攻撃を
防ぐことができる。

【風属性】
・風絶斬《ふうぜつざん》→風斬《ふうざん》の上位互換。風の斬撃を飛ばす。
・風壁《ふうへき》→風の壁を生成する。並の武器は壁に当たっただけで木っ端
微塵になる。
・飛翔《ひしょう》→風を操り、自在に空を飛ぶ。

【土属性】
・礫弾《れきだん》→こぶし大の石が飛び出す。
・石化煙《スモッグ》→煙を放ち、その煙に当たったものを石にする。
・地面破壊《アースブレイク》→土と石を粉々に破壊する。
・地面圧縮《アースプレス》→土と石を圧縮する。地盤固めとして重宝されている。
・岩石生成《クリエイトストーン》→岩石を生成する。形は自在に変えられるが、一度生成
したら、錬成で後から形を変えることはできない。
・土壁《アースウォール》→土の壁を生成する。圧縮されているため、なかなか硬い。

【光属性】
・大回復《グレートヒール》→回復《ヒール》の上位互換。大きめの裂傷など、中程度の怪我を
治す。
・超回復《ハイヒール》→大回復《グレートヒール》の上位互換。身体欠損以外の怪我を治す。
・解毒《キュア》→あらゆる毒を分解する。毒の強さによって、必要な魔力量
は異なる。
・浄化《じょうか》→血や泥などの汚れを落とす。
・結界《けっかい》→半透明の防壁を展開する。形状は好きに変えることが
できる。
・聖域結界《サンクチュアリフィールド》→魔物を拒絶する結界をドーム状に展開する。魔物を

中に閉じ込めた場合は力を奪う。
・**縛光鎖**《ばっこうさ》→白く光る鎖を生成して、敵を拘束する。
・**光槍**《ホーリーランス》→白く光る槍を放つ。
・**極滅**《きょくめつ》**の光**《ひかり》→あらゆるものを分解、消滅させる光を放つ。

【闇属性】

・**影捕縛**《シャドーバインド》→自身の影から黒い物体が出てきて、敵を拘束する。
・**幻影**《ファントム》→幻術《げんじゅつ》の上位互換。思い通りの幻を見せる。自身に使えば、自身の姿を偽ることも可能。
・**記憶消去**《メモリーイレーサー》→思い通りに記憶を消す。
・**睡眠**《スリープ》→敵を眠らせる。疲れている敵ほど眠らせやすい。

【氷属性】

・**氷弾**《アイスバレット》→こぶし大の氷を放つ。
・**氷石化**《アイスストーン》→敵を内部から凍らせ、氷の像にする。
・**氷結**《ひょうけつ》→敵を氷で包み込む。
・**氷槍**《アイスランス》→氷でできた槍を放つ。なんかかっこいいからという理由で、レインは気に入って使っている。

【雷属性】

・**天雷**《てんらい》→小天雷《しょうてんらい》の上位互換。雷を落とす。敵を痺れさせて動きを鈍くする。
・**雷槍**《らいそう》→雷を帯びた槍を放つ。

【無属性】

・**防壁**《シールド》→半透明な板状の防壁を展開する。形状を変えることはできない。
・**状態保護**《プロテクト》→物質に極薄の膜を貼ることで、汚れがついたり、品質が劣化したりするのを防ぐ。
・**魔法攻撃耐性結界**《まほうこうげきたいせいけっかい》→攻撃魔法に対して絶大な効力を持つ結界を展開する。形状は好きに変えられる。
・**刻印**《こくいん》→魔石に魔法陣を刻む。その魔石に魔力を流せば、誰でもその魔法が使える。ただし、威力や効力は通常より劣化する。
・**無音**《サイレント》→音を消す。
・**念動**《ねんどう》→思い通りに物を動かすことができる。

【時空属性】

・**短距離転移**《ショートワープ》→自身を半径五メートル以内の好きなところに転移させる魔法。その際に、自身が触れているものも一緒に移動可能。
・**中距離転移**《ワープ》→短距離転移《ショートワープ》の上位互換。範囲が半径百メートル以内になる。
・**長距離転移**《ロングワープ》→中距離転移《ワープ》の上位互換。魔力がもつ限り、どこへでも転移できる。
・**無限収納**《インベントリ》→収納《ボックス》の上位互換。亜空間にスペースを作り、そこにいくらでも物を入れることができる。
・**時間遡行**《リターン》→魔法を使用した範囲内の時間を巻き戻すことができる。

アンデッドに転生したので日陰から異世界を攻略します
Fukami Sei
深海 生
不死者だけど楽しい異世界ライフを送っていいですか？

アンデッドに転生したので日陰から異世界を攻略します
Fukami Sei
深海 生
社畜サラリーマン、転生したらゾンビになっちゃった!?
過労死からの不死議な冒険!?
日陰限定ですが、異世界で好きに生きます！

サラリーマンの福菅健吾《ふくすけんご》――ケンゴは、高校生達とともに異世界転移した後、スキルが『言語理解』しかないことを理由に誰一人帰ってこない『奈落』に追放されてしまう。そんな彼だったが、転移先の部屋で天井に刻まれた未知の文字を読み解くと――古より眠っていた巨大な船を手に入れることに成功する！　そしてケンゴは船に搭載された超技術を駆使して、自由で豪快な異世界旅を始める。

●定価：1320円（10%税込）　ISBN 978-4-434-31744-6　●illustration：片瀬ぽの

貴族の養子である青年リュークは、神様からギフトを授かる一生に一度の儀式で、「スマホ」というX（エックス）ランクのアイテムを授かる。しかし養父から「それはどうしようもなくダメという意味の『X（バツ）ランク』だ」と言われ、役立たず扱いされた上に勘当されてしまう。だが実はこのスマホ、鑑定、能力コピー、素材複製、装備合成などなど、あらゆることが可能な「エクストラ」ランクの最強ギフトだった……!!　Xランクギフトを活かして異世界を自由気ままに冒険する、成り上がりファンタジー、開幕！

●定価：1320円（10%税込）●ISBN：978-4-434-31643-2 ●Illustration：蓮禾

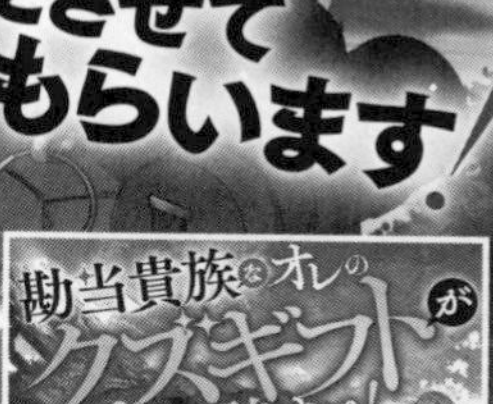

この作品に対する皆様のご意見・ご感想をお待ちしております。

おハガキ・お手紙は以下の宛先にお送りください。

【宛先】

〒150-6008 東京都渋谷区恵比寿4-20-3 恵比寿ｶﾞｰﾃﾞﾝﾌﾟﾚｲｽﾀﾜｰ 8F
（株）アルファポリス　書籍感想係

メールフォームでのご意見・ご感想は右のＱＲコードから、
あるいは以下のワードで検索をかけてください。

アルファポリス　書籍の感想　検索

ご感想はこちらから

本書は Web サイト「アルファポリス」（https://www.alphapolis.co.jp/）に投稿されたものを、
改題・改稿、加筆のうえ、書籍化したものです。

作業厨《さぎょうちゅう》から始《はじ》まる異世界転生《いせかいてんせい》
レベル上《あ》げ？　それなら三百年程《さんびゃくねんほど》やりました

ゆーき　著

2023年 4月30日初版発行

編集－和多萌子・宮坂剛
編集長－太田鉄平
発行者－梶本雄介
発行所－株式会社アルファポリス
〒150-6008 東京都渋谷区恵比寿4-20-3 恵比寿ｶﾞｰﾃﾞﾝﾌﾟﾚｲｽﾀﾜｰ8F
TEL 03-6277-1601（営業）　03-6277-1602（編集）
URL https://www.alphapolis.co.jp/
発売元－株式会社星雲社（共同出版社・流通責任出版社）
〒112-0005 東京都文京区水道1-3-30
TEL 03-3868-3275
装丁・本文イラスト－ox
装丁デザイン－AFTERGLOW
印刷－中央精版印刷株式会社

価格はカバーに表示されてあります。

落丁乱丁の場合はアルファポリスまでご連絡ください。

送料は小社負担でお取り替えします。


ISBN978-4-434-31742-2 C0093